혐오도 복제가 되나요

안전가옥 쇼-트 34

윤혜성 경장편

차례

1장 33점짜리 인생 · 006p

2장 죽은 아내에게서 온 선물 · 024p

3장 호흡곤란의 첫 만남 · 048p

4장 515일 만의 재회 · 070p

5장 잃어버린 얼굴들 · 110p

6장 아내를 죽인 사람 · 150p

7장 깨진 조각들 · 170p

8장 뒤틀린 그림자 · 184p

에필로그 다시 곁으로

작가의 말

프로듀서의 말

1장 33점짜리 인생

마음의 셔터를 잘 내리는 사람들이 있다. 감정적으로 난처하거나 곤란한 상황에 놓이면 스위치를 끄듯 마음의 작동을 확 꺼버리는 사람들. 수한도 그런 부류의 사람이었다. 골치 아픈 상황에 놓이거나 틀어진 관계를 바로잡아야 하는 등 심적으로 감당하기 어렵다 싶으면 마음의 셔터를 내리곤 했다. 여동생 지원은 이런 수한의 기제를 '회피'라 지적했지만, 수한은 동의하지 않았다. 수한은 이를 '수납'한다고 표현했다. 물건을 수납하듯, 어지럽고 복잡한 생각들을 마음 한구석에 잠시 넣어두는 것뿐이라고. 그렇게 수납시켜놓으면 어수선한 마음의 파동도, 심적 압박도 자연스레 잦아들었다. 요즘같이 감정이 비효율적인 것이라 취급받는 시대에 꽤나 효율적인 자기 관리 방법이었다. 이 수납법을 통해 수한은 체력을 단련하듯 마음을 단단히 만들었다.

덕분에 수한은 회사 안팎에서 합리적이고 이성적인 사람이라는 평가를 받곤 했다. 이는 번듯한 외모와 어울려 수한의 이미지를 한층 더 돋보이게 만들었다. 늘 단정한 머리와 흐트러짐 없이 깔끔한 옷차림, 거기에 세련되면서도 차분한 향까지. 수한에게는 좋은 시선과 말 들이 따라붙었고, 인사팀의 한 직원은 수한을 '모두가 탐내는 남자'라 부르며 농담하기도 했다. 수한은 이를 의식하기라도 하듯 커다란 가족사진을 팀장실 한가운데 걸어두었는데, 그 사진은 그를 더없이 모범적인 남자로 보이도록 했다. 물론 모두가 수한을 좋게만 본 것은 아니었다.

"자네, 재능이 있단 말이야. 주변을 말려 죽이는 재능."

수한의 상사 왕 부장이었다. 그는 방 한구석에 놓인 화분을 툭툭 발로 차며 말했다. 몇 달 전 팀장 발령 기념으로 받은 몬스테라 잎이 노랗게 변해 있었다.

"이런 거 하나 제대로 못 돌봐서 아랫사람들 어떻게 관리하겠냐."

수한의 신입 시절부터 사수였던 왕 부장은 수한을 아직도 신입사원 대하듯 했다. 수한은 왕 부장의 지적을 인정하고 싶지 않았지만 감정적으로 대응하지 않았다.

"앞으론 잘 챙기겠습니다."

"기계처럼 일만 잘하면 뭐 해, 사람 냄새가 나야지."

쏟아지는 왕 부장의 잔소리를 피하듯 수한은 모니터로 시선을 옮겼지만, 왕 부장의 다음 말이 그의 호기심을 자극했다.

"박 상무 일도 그래. 누가 주변에 있었더라면 그 꼴을 당하진 않았을 텐데."

박 상무라면 작년에 러시아 법인장으로 발령 난 이 방의 전 주인이 아닌가. 수한이 무슨 일인지 묻자 왕 부장은 씁쓸한 표정을 지으며 말했다.

"…죽었어."

"박 상무님이요? 어쩌다가요?"

수한은 놀랐다. 기억 속 박 상무는 꽤 건장한 체격에 맷집도 강한 사람이었기 때문이다.

"과로라는 말이 있어. 러시아 법인에서 직원들을 갈아 넣었나 보더라고. 전쟁 나서 건물 불타고 사람 다치고 아비규환인데도 실적만 계속 푸시했나 봐."

그 얘기는 수한도 들은 적이 있었다. 러시아 방산 업체에 납품하는 회사 부품들이 전쟁 중에 더 잘 팔리는 탓에 본사에서 법인 직원들의 철수를 일부러 막고 있다는 얘기 말이다. 총알보다 돈이 더 강한 세상이었다.

33점짜리 인생

"더 무서운 게 뭔지 알아?"

왕 부장은 숨겨진 진짜 사실은 이것이라는 듯 목소리를 낮추어 말했다.

"박 상무가 복제인간을 만들어놨대."

"…복제인간이요?"

"러시아 출장 가 있는 동안 자기랑 똑같은 복제인간을 만들어서 가족들이랑 살게 했다는 거야. 소름 끼치지 않냐?"

생명 윤리법이 제정된 이후 인간을 복제하는 것은 어떤 형태로든 불법이었다. 복제인간 관련 뉴스를 얼핏 본 적은 있었지만, 실제로 복제인간을 만들어 사용하는 사람이 주변에 있을 줄이야. 수한은 꺼림칙하다는 표정을 지으며 물었다.

"가족들은 몰랐대요? 진짜 박 상무님이 아닌 걸요."

"같이 침대 쓰던 와이프도 몰랐대. 영안실에서 남편 시체를 보더니 누워 있는 사람이 복제인간 아니냐며 울고불고 난리를 쳤대더라. 그 바람에 강력계 형사들까지 출동하고. 암튼 일이 너무 커져서 회사 입장에선 전쟁 탓하면서 여기저기 입막음하고 있어. 부고도 안 알리고 말야."

"가족이 죽었는데… 안됐네요. 이제 박 상무님, 아니 그 복제인간은 어떻게 된대요?"

"뭘 어떡해. 폐기되겠지."

폐기라면 어떻게 되는 거지. 머릿속에 그 모습이 그려지진 않았지만 수한은 굳이 묻지 않았다. 사람이 아니더라도 사람의 형체를 없애는 일은 무엇이든 끔찍한 풍경일 테니까.

"복제인간이고 나발이고 지금 회사는 빈자리에 누굴 제물로 바칠지 찾고 있어. 전쟁 끝나기 전에 어떻게든 실적 올려야 하니까."

복제인간 얘기에 잠시 생각이 팔려 있던 수한은 다음 법인장을 찾는다는 왕 부장의 말에 고개를 들었다.

"러시아 법인장을요?"

"어, 오늘 새벽부터 백 전무님이 전화해서는 누구 없냐고 보채는데 어후, 지금 같은 때에 누가 거길 가겠어."

수한은 마른침을 삼키더니 말했다.

"…저요."

"뭐?"

"제가 가고 싶습니다."

수한은 진지했다. 왕 부장은 어이없다는 표정으로 수한을 쳐다보았다.

"자네, 미쳤어? 여태 내 얘기 못 들었어?"

"들었습니다. 그런데 법인장이 되면 비자는 나오는 거죠? 출입국 제한도 풀리고요?"

33점짜리 인생

수한이 속을 알 수 없는 질문들을 쏟아내자 왕 부장이 벙찐 표정으로 답했다.

"당연히 나오겠지, 황천길로 가는 비자일 수도 있지만 말야. 도대체 거길 왜 가겠다는 거야?"

순간 수한의 시선이 벽에 걸린 가족사진으로 향했다. 어디서부터 얘기를 꺼내야 할까. 수한은 머뭇거렸다.

"뭐야, 숨겨둔 애인이라도 있어?"

"그런 건 아닙니다."

"그럼 이유가 뭐야? 설마….'"

왕 부장은 눈을 흘기더니 수한의 속내를 눈치챘다는 듯 혀를 차며 말했다.

"임원 되고 싶어서 그래?"

지금에야 전쟁 탓에 사람들이 꺼리는 근무지가 되었지만, 원래 러시아 법인장 자리는 차기 임원으로 가는 루트 중 하나였다. 적당히 둘러댈 이유가 필요했던 수한은 왕 부장의 짐작에 장단이라도 맞추듯 고개를 끄덕거리며 말했다.

"남들 안 갈 때 가야 빨리 올라가죠."

"참내, 팀장 된 지 얼마나 됐다고. 아무리 갈 사람이 없대도 그렇지 자네 같은 신임 팀장이 갈 데가 아니야."

"한 번만 밀어주십쇼. 백 전무님 추천이라면 가능

성이 있지 않습니까.”

“추천이면 다 되는 줄 알아? 언어 테스트에 임원 면접에, 다 검증을 거쳐야 한다고.”

“그런 것들은 제가 다 잘 준비할 테니 백 전무님과 자리 한 번만 만들어주십쇼.”

인사발령에 있어 백 전무가 중요한 키맨이라는 걸 알고 있던 수한은 백 전무와의 자리를 마련해달라 몇 번이나 부탁하고 나서야 왕 부장을 놓아주었다.

그날 수한은 평소와 달리 좀처럼 일에 집중할 수 없었다. 모두가 퇴근하고 텅 빈 사무실에 홀로 남아 화분에 떨어진 나뭇잎들을 치우고 물을 듬뿍 주며 살며시 마른 가지를 어루만졌다. 마치 다시 살아나기를 바라는 듯이.

*

퇴근 후 돌아온 집은 고요했다. 수한은 침묵이 익숙한 듯 불을 켜지도 않고 곧장 안방으로 향했다.

사실 수한이 혼자 산 지 벌써 1년 하고도 150일이 넘었다. 아내는 세상을 떠났고, 아들은 한국을 떠났다. 하지만 회사에서 이를 아는 사람은 아무도 없었다. 아내의 죽음도, 아들의 부재도 수한이 철저하게 숨겼기 때문이다.

33점짜리 인생

샤워를 마친 수한은 여동생 지원에게 전화를 걸었다. 지원은 수한에게 남아 있는 유일한 가족이자, 수한의 양육권 분쟁을 도와주는 변호사였다.

"너무 위험한 거 아냐? 아직 전쟁 중이잖아."

수한의 얘기를 듣던 지원은 걱정 어린 목소리로 말했다.

"법인 직원 통해서 알아봤는데 모스크바 쪽은 괜찮대."

"그렇게까지 해서 가야 돼?"

"재이한테 갈 수 있는 유일한 방법일지도 모르잖아."

지원은 수한이 여전히 걱정됐지만 그동안 수한이 얼마나 재이에게 닿으려 애써왔는지 알기에 더는 말리지 않았다.

"그럼 발령은 언제쯤 나는 거야? 재이가 열세 살 되기 전에 결정되면 좋은데."

지원이 변호사처럼 말했다.

"그렇게 빨리는 안 될 거야. 그래도 노력은 해볼게."

"양육권 방어에도 꽤 좋은 조건이거든, 물리적으로 가까워지는 거니까. 저번에 내가 오빠 몇 점이랬는지 기억하지?"

"…33점."

수한이 지원에게 처음 양육권을 상담받으러 간 날,

지원이 수한에게 보여준 '양육 적정 점수'였다. 수한은 33점짜리 아빠였다. AI 법률 프로그램에 따르면 그랬다. 양육권을 방어하려면 최소 70점은 필요한데 절반에도 미치지 못하는 점수였다. 수한은 AI 따위가 어떻게 사람을 판단할 수 있냐며 투덜거렸지만, 지원은 객관적 지표에 따라 도출된 정확한 수치라고 했다. 게다가 요즘은 사람 대신 AI 판사가 판결을 내리는 경우가 대부분이라며 어떻게든 점수를 올려야 한다고 목소리를 높였다.

"근데 왜 점수가 33점 그대로야? 내가 자료들 더 보냈잖아."

수한이 새끼손가락을 까딱거리며 물었다.

"SNS 메시지 캡처한 거? 그건 법원에 제출하긴 어려울 거 같아."

"왜? 너무 많아서?"

수한은 재이가 한국을 떠난 뒤로 핸드폰으로 연락할 길이 막히자 재이의 SNS 계정에 매일같이 메시지를 보냈다. 그것이 차곡차곡 쌓였고, 보낸 메시지 양만 500여 통이 넘었다.

"아니, 양이 문제가 아니라… 다 오빠가 보낸 거잖아. 재이한테 온 메시지는 하나도 없고."

수한은 잊고 있었다. 자신이 수백 통 넘게 메시지를 보내는 동안 재이는 그 흔한 이모티콘 한 번 보낸 적이 없었다는 것을. 자신의 연락이 일방적이라는 생각에 그만두려던 적도 있었지만, 이마저도 하지 않는다면 재이와의 끈이 완전히 끊길까 봐 두려워 그러지 못했다. 수한이 둘러대듯 말했다.

"…그냥 일기처럼 쓴 거야."

"오빠도 오빠지만 재이도 문제야. 이 정도면 완전 무시하는 거잖아. 혹시 오빠를 피하는 거 아냐?"

핸드폰을 들고 있던 수한의 손이 파르르 떨렸다.

"바빴나 보지. 외국 가서 적응하는 것도 쉽지 않을 테고."

"거기 간 지 1년도 넘었잖아."

"아직 애잖아."

"열두 살이면 알 거 다 아는 나이야."

지원이 옅은 한숨을 내쉬더니 조심스러운 말투로 물었다.

"…그냥 혼자 살면 안 돼?"

"재이를 포기하라고?"

수한이 발끈하자 지원이 달래듯 말했다.

"오빠 변호사이기 전에 가족으로서 하는 말이야. 새언니 그렇게 된 지도 꽤 됐고, 애도 할머니가 키우겠다 하고. 솔직히…."

지원은 고민하다 한마디 덧붙였다.

"새출발하기에는 꽤 괜찮은 조건 같아서."

“그게 정상은 아니잖아.”

“새출발이 왜 정상이 아냐?”

“멀쩡한 아들을 두고 왜… 그건 제대로 된 가족이 아니잖아.”

“같이 있을 때도 그건 마찬가지였잖아.”

“…”

수한의 얼굴이 어두워졌다. 천장을 올려다보니 수명을 다한 전등이 지잉거리며 거슬리는 소리를 내고는 이내 툭 하고 터져버렸다. 지원은 말이 심했다며 사과했고, 수한은 괜찮다며 전화를 끊었다.

통화가 끝나고 수한은 바로 전구를 교체했다. 쨍하도록 방 안이 밝아졌지만 여전히 어둡게만 느껴졌다. 혼자 산다는 것이 홀로 죽어간다는 느낌으로 변하는 순간, 피어오르는 고독함과 끝없이 번지는 서러움이 수한의 살갗을 파고들었다. 수한은 이를 떨쳐내려는 듯 몸을 털며 방에서 나왔다.

수한은 거실 소파 끄트머리에 기대 앉았다. 소파를 놀이터 삼아 방방 뛰어놀기 좋아하는 재이 탓에 수한의 자리는 늘 끄트머리였다. 수한은 움푹 파여 있는 소파 가운데를 물끄러미 바라보다가 그 자리를 가만히 손으로 어루만졌다.

작년 이맘때쯤이었다. 재이를 보기 위해 무작정 공항으로 향했다. 그날은 재이의 생일이었고 그날 하루만큼은, 아니 단 한 시간만이라도 아들의 얼굴을 직접 보고 싶었다. 공항으로 가는 길에 가장 빠른 비행기 티켓을 구입했다. 재이가 있는 리벨라우스는 직항이 없어서 반드시 러시아를 거쳐야 했다. 공항에 들어서면서부터 수한은 마음이 벅차올랐다. 몇 시간 뒤면 재이를 볼 수 있다니. 재이가 자신을 반가워할까? 보면 울음을 터트릴까? 달려와 안길까? 수한은 설레는 마음으로 티켓을 내밀었지만 공항 직원이 앞을 막아섰다. 전쟁 중이라 안 된다니? 이게 무슨 폭탄 같은 소리인가. 수한이 따지자 공항 직원은 심드렁한 표정으로 대꾸했다. 어제 자정부로 일반인의 러시아 방문이 제한되었다고, 비자 없이는 출입국이 불가능하다고. 수한은 사정했다. 평소의 수한답지 않게 어린아이처럼 매달려도 봤다. 하지만 소용없었다. 수한은 가드들에게 양팔이 붙들린 채 공항 밖으로 쫓겨났다. 그날 수한은 차가운 시멘트 바닥에 한참 동안 주저앉아 무심히 오가는 비행기 소리를 멍하니 듣고 있었다.

불행은 연달아 찾아왔다. 비행이 좌절되고 얼마 지나지 않아 수한은 법원으로부터 소장을 받았다

사건 본인의 친권 행사자 및 양육권자를 청구인으로 변경하고자 함. 피청구인은 보호·양육 의무를 성실히 이행하지 아니하였으므로…

재이의 외할머니가 수한으로부터 재이의 양육권을 가져가겠다고 소송을 한 것이었다. 외할머니는 재이를 키우는 데 여러 가지로 어려움이 있다며 양해를 바란다는 내용의 편지를 함께 보냈다. 번역기를 돌려 쓴 편지 같았지만, 수한은 '양해'라는 단어가 무척 마음에 들지 않았다. 아들을 뺏기게 생겼는데 양해라니. 수한은 그 자리에서 편지를 갈기갈기 찢어버렸다.

수한에게 법인장은 재이에게 갈 수 있는 유일한 기회였다. 이를 놓치면 평생 혼자 살아야 할지도 모른다는 불안이 밀려왔다. 물론 혼자인 삶이 견딜 수 없을 정도로 고통스러운 건 아니었다. 무난하게 살아지는 날들도 더러 있었다. 하지만 일을 해도 의미가 없었고, 밥을 먹어도 맛을 느낄 수 없었다. 끼니를 때우듯 하루하루를 때우는 삶에 불과했다. 이런 상태에서 새출발은 구원이 아니라, 꺼진 잿더미 위에 헛되이 씨앗을 뿌리는 일 같았다. 수한은 움푹 파인 소파 가운데를 멍하니 바라보며 중얼거렸다.

"재이만, 재이만 되찾으면 돼."

러시아 법인으로 발령받는다면 재이를 가까이서 볼 수 있을 것이고, 인생의 성적표 같은 33점짜리 아빠에서도 벗어날 수 있다. 재이와 함께하는 평범한 하루. 그것이 수한이 바라는 전부였다. 수한은 재이를 떠올리며 숨을 깊게 들이마셨다. 헛헛했던 마음이 조금은 채워지는 듯했다. 그때 띠링, 수한의 핸드폰이 울렸다. 재이의 SNS에 새 포스팅이 업로드되었다는 알람이었다. 혹시나 자신에 대한 언급이 있진 않을까 하는 작은 기대감에 포스팅을 확인한 수한은 순간 얼굴이 굳어버렸다.

“…서울 유소년 축구 클럽?”

사진 속 재이는 한국어로 적힌 간판 앞에서 환하게 웃고 있었다. 수한은 사진을 이리저리 확대해 배경을 유심히 살폈다. 재이는 분명 서울에 있었다.

*

“어쩌자고 여길 왔냐, 이수한.”

입고 있던 잠옷 차림 그대로 사진 속 빌딩으로 차를 몰고 온 수한은 운전대에 머리를 박으며 자책했다. 하지만 한참을 기다려도 재이는 나오지 않았다. 포기하고 핸들을 돌리려던 순간, 1층 문이 열리면서 운동복 차림의 아이들이 쏟아져 나왔다. 수한은 재빨리 헤드라이트를 끄고 몸을 숙였다. 누군가 재이를 부르는 소리에 천천히 고개를 들었다. 수한은 단번에 재이를 찾을 수 있었다. 핸들을 잡고 있던 손끝이 떨렸다. 친구들과 인사를 나눈 재이는 주위를 두

리번거리더니 빌딩 앞 보도 블록에 걸터앉았다. 누군가 기다리는 모습이었다. 그토록 보고 싶었던 재이가 눈앞에 있건만 수한은 차에서 한 발짝도 움직일 수 없었다. 잠시 후, 빌딩 앞에 한 택시가 서더니 중년의 여성이 내렸다. 수한에게서 양육권을 뺏으려는 사람, 재이의 외할머니였다. 장례식 이후 처음 보는 것이었다. 수한의 목덜미가 시큰거렸다. 장례식 날, 장모는 딸을 죽인 놈이라며 수한에게 달려들어 수한의 목덜미를 사정없이 물어버렸다. 수한은 경직된 표정으로 재이를 지켜보았다. 재이는 외할머니를 따라 택시에 오르려다 걸음을 멈춰서는 주변을 두리번거렸다. 수한의 차가 있는 쪽을 쳐다보기도 했지만, 이내 할머니를 따라 택시에 올랐다. 택시가 완전히 멀어지고 나서야 수한은 차에서 내릴 수 있었다. 수한은 재이가 사라진 방향을 한동안 바라보았다.

"얼굴 봤으니 됐어. 그거면 됐어."

집으로 돌아오는 길에 수한은 스스로를 탓하지 않으려고 애썼다. 아무것도 하지 않은 자신이 한심스러웠지만 아무것도 할 수 없는 마음 역시 어쩔 수 없었다.

밤이 깊도록 수한은 잠에 들지 못했다. 어지러운 생각들을 수납하려 했지만 뜻대로 되지 않았다. 재이가 서울엔 무슨 일로 왔을까. 왜 여기까지 와서 연

33점짜리 인생

락 한 통 하지 않았을까. 지원이 말대로 정말 날 피하는 걸까. 도대체 왜? 그때 갑자기 현관문에서 벨이 울렸다.

이 새벽에 누구지? 수한은 퀭한 눈을 비비며 침대에서 몸을 일으켜 세웠다. 그러다 문득 재이일지도 모른다는 생각에 발걸음이 빨라졌다. 그래, 서울까지 왔는데 당연히 아빠를 보러 왔겠지. 수한은 한껏 기대에 찬 얼굴로 문을 활짝 열었다.

"재이… 어? 이게 뭐야?"

현관문 앞에 서 있는 건 재이가 아니었다. 웬 택배 상자였다. 그것도 성인이 들어갈 법한 커다란 크기의 상자였다. 뭐지? 이렇게 큰 택배가 올 리 없는데. 수한은 상자 위에 붙은 수신자 이름을 확인했다.

이수한. 자신에게 온 것이 맞았다. 누가 보낸 거지. 발신인의 이름을 살펴보던 수한은 심장이 멎을 뻔했다.

Nana Грэкава. 나나 그레코바는 아내의 이름이었다. 죽은 아내에게서 택배가 온 것이었다.

33점짜리 인생

2장 죽은 아내에게서 온 선물

“나나.”

한때 매일 부르던 이름이었지만 이제는 낯설게 느껴지는, 죽은 아내의 이름이었다.

“이름이 나나야? 외국인이야?”

“한국말도 모른다면서 대화는 어떻게 해?”

“리벨라우스? 그게 어딘데?”

수한이 결혼 소식을 알렸을 때, 수많은 질문과 시선이 그에게 쏟아졌다. 그때 수한은 몰랐다. 자신에게 향하는 질문들을 관심이라고 생각했고, 성심성의껏 대답했다.

“러시아 옆에 있는 작은 나라요.”

“모델 일로 잠깐 한국에 왔는데, 마라톤 대회에서 제가 첫눈에 반해 붙잡았습니다.”

“한국어를 못해 주로 번역 앱으로 대화합니다. 말

이 안 통해도 통하는 게 많습니다. 그래서 결혼하나 봅니다."

사랑에 빠진 수한에게 나나와의 이야기는 달달한 샘물 같았고, 목말라하는 주변 사람들에게 수한은 이를 나눠주듯 퍼주었다. 하지만 이야기는 또 다른 이야기를 낳았고, 수한도 모르는 사이 그 샘은 돌이킬 수 없이 더럽게 오염되어 있었다. 외국인 아내를 돈 주고 사 왔다더라, 도망갈까 봐 한국어를 못 배우게 한다더라 등 이상한 루머들이 떠돌았다. 거짓 소문은 진실보다 발이 빨랐다. 끝없는 해명에 지친 수한은 그제야 깨달았다. 집안 이야기는 집 안에만 머물러야 한다는 것을. 어느 순간부터 수한은 굳게 입을 다물고 회사에 자신의 가정사는 한마디도 하지 않았다.

나나의 투병 생활도 마찬가지였다. 나나는 지독한 암세포와 오래도록 싸웠다. 입원했다 퇴원하기를 반복하며 2년 넘게 병원 신세를 져야 했지만, 이를 아는 사람은 거의 없었다. 나나의 친구들이 한국에 없기도 했지만 나나는 자신의 상황을 지인들에게 알리기 싫어했고, 수한도 주변에 말하지 않았다. 아내의 안부를 묻는 사람에게 거짓말하는 것이 내키지는 않았지만 듣는 이들이 아내의 병을 고쳐줄 것도 아니고, 남들은 공감하지 못할 자신의 고통을 징징거리는 것뿐이라 생각했다.

하지만 나나가 죽자 수한은 어찌할 바를 몰랐다. 어떻게 어디서부터 얘기를 꺼내야 할지 판단이 서질 않았다. 무서웠다. 사람들이 어디까지 이 죽음에 각주를 달까. 거짓 소문들로 아내의 죽음을 더럽히는 것도 모자라, 아내의 외도까지 알게 될지 모른다는 생각에 입을 굳게 다물었다. 수한은 병가로 휴가계를 제출하고 아내의 장례를 치렀다. 단 일주일이었다. 하지만 일주일은 죽음을 애도하기에 너무나도 부족한 시간이었다. 그 때문이었을까. 1년이 지난 지금도 수한은 아내와의 이별을 제대로 게워내지 못하고 있었다.

"정말 나나가 보낸 걸까."

거대한 상자를 앞에 두고 수한은 최대한 이성적으로 생각하려 애썼다. 죽은 사람이 택배를 보내는 것이 가능한 일인가. 그것도 세상을 떠난 지 한참 지난 시점에 말이다. 혹시 병원에서 보낸 건가. 나나는 치료 때문에 병원을 여러 번 옮겼었다. 퇴원할 때 미처 챙기지 못한 짐이 병원에 남아 있을 수도 있었다. 하지만 상자 어디에도 병원의 로고나 흔적을 발견할 수 없었다. 병원이 아니라면 나나가 무얼 주문한 건 아닐까. 오래전에 구매한 것이 이곳저곳을 떠돌다가 지금에서야 배송된 걸 수도 있지 않은가. 하지만 그러기엔 상자 상태가 매우 깨끗했다. 게다가 생전에 나나는 온라인 쇼핑을 거의 하지 않았었다. 그렇다면 누군가 나나의 이름을 빌려 보낸 걸 수도 있다. 이름이 리벨라우스어로 적혀 있었으니 그 언어를 아는 재이나 장모가 보냈을 가능성이 높았다. 하지만 왜 굳이 나나의 이름으로?

그때 맞은편 집 현관문에 불이 켜지더니, 전자 담배를 입에 문 할머니가 나왔다. 이웃집 할머니는 한밤중에 집 앞에 우두커니 서 있는 수한과 커다란 택배 상자를 수상한 눈빛으로 쳐다보았다. 수한은 서둘러 상자를 집 안으로 옮겼다. 상자는 크기보다 묵직했다. 끙끙대며 상자를 겨우 거실로 옮긴 수한은 겉면에 붙은 테이프들을 떼어내기 시작했다. 그때 툭, 상자 사이에 끼어 있던 쪽지 하나가 바닥에 떨어졌다. 수한은 쪽지를 펼쳤다.

너도 너 같은 새끼랑 살아봐.

나 같은 새끼라니, 이게 무슨 말이지. 암호문 같기도, 저주문 같기도 한 메시지에 수한의 눈썹이 꿈틀거렸다. 꾸불꾸불하지만 또박또박 적힌 글씨체. 누가 봐도 한국어가 익숙하지 않은 서투른 솜씨였다.

나나가 쓴 것 같았다. 순간 수한의 등골이 서늘해졌다. 아내가 보낸 게 맞다면 좋은 것일 리 없다는 막연한 확신이 들었기 때문이다. 그때였다. 스르륵, 상자가 살아 있는 것처럼 꿈틀거리더니 테이프들이 떨어져나갔다. 퍽, 하는 소리와 함께 상자의 윗면이 벌어지더니 그 사이로 희멀건 얼굴 하나가 고개를 내밀었다.

"으아악!"

수한은 비명을 지르며 뒤로 나자빠졌다. 상자에서 나온 것은 벌거숭이 사내였다. 남자는 기지개를 켜며 천천히 일어서더니 수한을 빤히 쳐다보았다. 순간 수한은 자신의 두 눈을 의심했다. 상자에서 나온 남자가 자신과 똑같이 생겨서였다. 얼굴뿐 아니라 체형까지도 완전히 똑같아 보였다. 하나 다른 것이 있다면 수한보다 머리카락 길이가 조금 짧다는 정도였다. 수한은 두 눈을 끔뻑거리며 겨우 입을 열었다.

"누, 누구세요?"

남자는 대답 대신 여유로운 눈빛으로 집 안을 둘러보더니 중얼거렸다.

"제대로 온 거 같은데요."

남자가 한쪽 발을 상자 밖으로 꺼내려 하자, 수한은 기겁하며 막아섰다.

죽은 아내에게서 온 선물

“나오지 마!”

경계심 가득한 수한의 눈빛에 남자는 악수를 청하듯 손을 내밀며 다정하게 말했다.

“인사가 늦었네요. 난 당신의 복제인간입니다.”

내 복제인간이라고? 수한이 인상을 잔뜩 찌푸린 채 남자가 내민 손을 쳐다봤다. 손가락 모양이며, 손바닥 크기까지 언뜻 봐도 자신과 똑같아 보였다.

“손뿐만 아니라 팔, 다리, 안에 장기들까지 모든 것이 당신이랑 다 같다고 보시면 됩니다.”

“다 같다고?”

“네. 아, 이름은 달라요. 제 이름은 리수한입니다.”

수한은 어이없는 웃음이 터져나왔다.

“리수한? 이수한이 아니라?”

“당신 이름 앞에 RE를 붙인 가칭입니다. ‘다시’라는 뜻이죠. 원하신다면 다른 이름으로 불러도 됩니다. 그건 당신의 권리니까요.”

권리라니? 이 존재에 대해 내가 무슨 권리를 가진다는 건가. 수한은 께름칙했지만 리수한은 아랑곳하지 않고 매뉴얼을 읊듯 설명을 이어갔다.

“당신은 언제든 저를 사용할 수 있어요. 회사 일에든, 집안일에든, 심지어 밤에도요. 제 장기 역시 사용 가능한 부분인데….”

“그, 그만해!”

수한은 속이 울렁거렸다. 리수한의 말에서 쇠비린 내가 나는 거 같았다. 리수한이 사용법을 더 쉽게 안내해주겠다고 했지만 더 듣고 싶지 않았다.

"여기는 어떻게 온 거야?"

리수한은 택배 상자를 가리키며 대답했다.

"택배로 왔는데요."

"내 말은 왜, 어쩌다가 여기 있는 거냐고!"

"모르죠. 나는 보내진 사람이지, 보낸 사람이 아니니까."

리수한이 장난스럽게 웃었다. 살짝 올라간 그 입꼬리가 수한의 신경을 긁었다. 수한은 입술을 꾹 다물고는 운송장 스티커에 적힌 택배사 고객센터 번호를 찾아 전화를 걸었다. 한시라도 빨리 리수한을 반품시키고 싶었다. 하지만 전화를 받은 AI 상담사는 수신인과 발신인의 주소가 동일해 반품 접수가 불가능하다고 안내했다. 수한이 상황을 거듭 설명했지만 AI 상담사는 알아듣지 못했다. 친절한 음성으로 같은 문장을 여러번 되풀이할 뿐이었다. 답답해진 수한이 전화를 끊어버리자, 리수한이 새끼손가락을 까딱거리며 말했다.

"AI죠? 그것들은 유도리가 없다니까."

"시끄러."

"내 말이 맞잖아요. AI가 도움을 줘야지, 오히려

불편을 주면 되나.”

마치 사람처럼 말하는 리수한의 태도가 수한은 마음에 들지 않았다. 게다가 평소 수한이 하는 것처럼 새끼손가락을 까딱거리며 중얼거리는 게 무척이나 눈에 거슬렸다.

“널 끌 수는 없나? 전원 버튼 같은 거 없어?”

“잠시만요.”

리수한은 자신의 목덜미를 만지작거리더니 삑 소리와 함께 고개를 꺾어 보였다. 계속되는 리수한의 장난에 수한은 화가 치밀었지만 최대한 침착한 목소리로 말했다.

“내 집에서 나가줬으면 좋겠어.”

“지금요? 이 새벽에?”

“어, 좋은 말로 할 때 이 집에서 나가.”

수한의 분노를 읽었는지 리수한은 잠시 머뭇거리더니, 상자에서 나와 현관문 쪽으로 성큼성큼 걸어 갔다. 아뿔싸, 흔들거리는 리수한의 맨엉덩이를 본 수한은 기겁하며 소리쳤다.

“야, 야! 멈춰! 멈추라고!”

리수한은 뒤돌아 수한을 빤히 쳐다보며 말했다.

“왜요, 나가라면서요.”

“그 꼴로 나가면 나인 줄 알 거 아냐!”

수한은 급한 대로 옷장에서 아무 옷이나 꺼내 리

수한에게 던져주었다. 쫓아내더라도 저 꼴로 길거리를 돌아다니게 할 수는 없는 노릇이었다. 옷을 입은 리수한은 자기 스타일이라며 좋아했지만, 그 모습을 본 수한은 리수한이 더 싫어졌다. 자신의 옷을 걸친 리수한이 더욱 자기처럼 보였기 때문이다.

수한은 갈 데가 있다며 리수한을 차고지로 데려가 차에 밀어 넣었다. 혹시나 모를 위험에 대비해 전기 충격기까지 몰래 챙겼지만 리수한은 수한을 공격하거나 위협하지 않았다. 리수한이 내비게이션에 찍힌 행선지를 힐끗 보더니 물었다.

"경찰서는 왜 가는데요."

"가보면 알아."

"설마 날 폐기하게요? 난 아무 잘못도 없는데."

"넌 존재 자체가 불법이야. 이 세상에 존재하면 안 되는 마약 같은 거라고."

"난 폐기당하기 싫어요."

"그건 경찰한테 가서 사정해. 내가 알 바 아니니까."

수한은 속도를 높였다. 경찰서까지는 1킬로미터도 채 남지 않았다. 리수한이 내비게이션을 물끄러미 바라보다 물었다.

"재이가 어떻게 생각할까요?"

수한은 눈살을 찌푸리며 말했다.

"여기서 재이 얘기가 왜 나와."

“날 경찰에 넘겨 폐기했다는 걸 알면 당신을 살인자로 생각하진 않을까요?”

말도 안 되는 소리였다. 수한이 들은 체도 않자 리수한은 한마디를 덧붙였다.

“이미 엄마가 죽은 걸로 당신을 많이 원망하고 있을 텐데요.”

끼익. 차가 급하게 멈춰 섰다. 핸들을 잡고 있던 수한의 손에 힘이 들어갔다.

“…네가 뭘 안다 그래.”

“양육권 소송 중이잖아요.”

수한의 눈썹이 꿈틀거렸다.

“소파 테이블 위에 소송 자료들이 한가득이던데 이런 중요한 시기에 나 같은 존재랑 엮였다가는 당신만 손해일 텐데요. 나는 존재 자체가 불법이잖아요. 마약처럼.”

지금 나를 협박하는 건가. 수한의 얼굴이 벌겋게 달아올랐다. 리수한은 덤덤하게 말을 이어갔다.

“협박한다고 생각하지 말아요. 당신이 내 목숨줄을 잡고 있어서 하는 말이니까.”

“나는 너랑 상관없는 사람이야. 네가 언제, 왜 만들어졌는지도 모른다고. 네 목숨줄을 잡고 있다니 뭐니 하는 허튼소리로 나를 엮으려 들지 마.”

그때 저 멀리서 사이렌 소리가 들려왔다. 둘은 거

의 동시에 소리가 나는 쪽으로 고개를 돌렸다. 경찰 오토바이가 다가오더니 수한의 차 앞에 멈춰 섰다. 똑똑, 매서운 인상의 경찰이 차창을 두드렸다.

"아무리 새벽이어도 그렇지, 도로 한가운데 정차하시면 어떡합니까."

수한은 창을 살짝 내리고는 사람 좋은 미소로 인사를 건네며 말했다.

"죄송합니다. 길을 헷갈려서요."

경찰이 의심스러운 눈초리로 차 안을 훑어보자 리수한은 그 시선을 피하듯 반대편 차창으로 몸을 돌렸다. 경찰은 벌게진 수한의 얼굴을 보더니 음주 측정기를 꺼내 들었다. 당연히도 알코올 수치는 나오지 않았다. 검사를 마친 경찰은 가도 좋다고 했지만, 수한은 주먹을 움켜 쥔 채 잠시 머뭇거렸다.

"무슨 일 있으십니까?"

"그게….."

지금 제 옆에 복제인간이 있습니다. 경찰서까지 갈 것도 없이 이 한마디면 끝이었다. 방금 전까지만 해도 리수한을 서에 넘기려던 수한이었지만, 막상 그 상황에 닥치자 무슨 이유에서인지 입이 떨어지지 않았다. 그 순간 등을 돌린 채 앉아 있는 리수한의 손이 눈에 들어왔다. 손을 쉼하게 떨고 있었다. 수한은 옅은 숨을 내뱉고는 말했다.

“아무것도 아닙니다.”

수한은 다시 시동을 걸었다. 그리고 집 방향 쪽으로 핸들을 꺾었다.

“고마워요.”

멀어지는 경찰을 보며 리수한이 말했다.

“고마울 거 없어. 너랑 엮이기 싫어서 그런 거니까.”

“그래도 내 말을 들어준 거잖아요. 보답으로 나도 당신한테 뭔가를 해줄게요.”

“필요 없어.”

“나중에라도 원하는 게 있으면 뭐든 말해요.”

수한은 잠시 생각하는 듯하다 굳은 표정으로 말했다.

“네가 내 눈앞에서 사라졌으면 좋겠어.”

“사라지라고요?”

“없어지든 증발하든, 이 세상에 아예 존재하지 않았으면 좋겠다고.”

수한의 단호한 목소리에 리수한은 섭섭하다는 말투로 답했다.

“근데 벌써 잊은 건 아니죠?”

“뭘?”

“아내가 보낸 쪽지 말이에요. 거기 써 있었잖아요. 너 같은 새끼랑 살아보라고.”

리수한이 수한을 쳐다보며 싱긋 웃어 보였다. 순

간 수한은 그의 입꼬리에서 죽은 나나의 미소를 발견한 것 같아 등골이 서늘해졌다. 리수한은 싸늘한 목소리로 덧붙였다.

"없어질 때 없어지더라도 죽은 사람 소원은 들어줘야 하지 않겠어요? 다른 사람도 아니고 죽은 아내 소원인데?"

수한은 넋이 나간 표정으로 리수한을 쳐다보았다. 리수한의 등 뒤로 아침 해가 서서히 떠오르고 있었다. 역광에 리수한의 얼굴이 어두워지자 수한은 그가 어떤 표정을 짓는지 제대로 볼 수 없었다.

*

"복제인간의 문제는 자신이 진짜 '사람'이라고 착각하는 데 있습니다."

서울동부경찰서 지능범죄본부의 대회의실은 형사들로 빽빽이 들어차 있었다. 연단에 선 추재식 형사가 슬라이드를 넘기자 스크린 위에 익숙한 얼굴이 떠올랐다. 대선 후보에까지 올랐던 4선 국회의원 박 씨였다.

"다들 아시다시피 박 의원은 마약성 진통제인 제타딘을 대리처방받기 위해 자신의 복제인간을 만들었습니다."

죽은 아내에게서 온 선물

당시 박 의원 사건은 뉴스에서나 SNS에서 꽤 큰 화젯거리였다. 박 의원이 유명 정치인인 까닭도 있지만, 복제인간을 셋이나 만들어 노예처럼 부렸기 때문이다. 마약성 진통제에 중독된 박 의원은 복제인간을 이용해 약을 처방받은 것이 들통날 위기에 처하자, 복제인간들을 돼지우리에 던져 모두 죽여버렸다. 복제인간 불법 제조 혐의로 박 의원을 수사 중이던 추 형사는 박 의원이 무언가 더 숨기는 게 있다고 느꼈다. 박 의원의 병원 기록, 이동 경로, 통화 내역까지 샅샅이 뒤지며 수사망을 좁혀가던 그는 결국, 살아 있는 박 의원이 오리지널 인간이 아닌 복제인간임을 밝혀냈다.

"검거 당시 박 의원의 복제인간은 자신이 복제인간이라는 것을 완강하게 부인했습니다. 복제인간이라는 사실조차 완전히 잊고 있었죠. 마치 리플리 증후군처럼요."

청중석에서 숨죽인 탄식이 흘러나왔다. 누군가가 큰 소리로 물었다.

"그럼 복제인간인 걸 어떻게 밝혀냈습니까? DNA며 지문이며 다 같았을 텐데요."

추 형사가 안경테를 고쳐 쓰며 대답했다.

"멀쩡해 보였습니다. 약에 중독된 사람처럼 보이지 않았어요. 채혈 검사 결과, 진통제 성분이 전혀 검출되지 않았습니다. 그리고 무엇보다…."

추 형사는 마이크에 가까이 다가갔다.

"생존에 대한 집착이 지나치게 강했습니다."

앞줄에 앉아 있던 막내 형사가 물었다.

"그건 사람도 마찬가지 아닙니까?"

추 형사는 고개를 내저으며 말했다.

"사람은 자신에게 주어진 생명을 당연하게 여깁니다. 그래서 엉뚱한 걸 좇다 목숨을 갉아먹죠. 박 의원도 그랬습니다. 약 없이는 하루도 살 수 없는 상태였습니다. 복제인간도 박 의원의 약점을 잘 알고 있었습니다. 박 의원을 약에 더 중독시켜 완전히 망가트려야겠다는 계획을 세웠고, 그 계획이 완벽하게 통한 거죠. 살아 있는 박 의원이 복제인간이라는 걸 밝혀내지 못했더라면 우리는 지금쯤 복제인간의 통치를 받고 있었을 겁니다."

객석에서 웅성거리는 소리가 퍼지자 추 형사는 마지막 장으로 슬라이드를 넘겼다. 화면에 비친 장면은 폐기되어 쌓여 있는 복제인간의 시체 더미였다. 텅 빈 눈동자, 꺾여 있는 팔다리, 바닥에 번진 채 고여 있는 시뻘건 피까지 아무리 복제인간이라지만 누가 봐도 잔혹한 모습이었다. 몇몇 형사들이 눈살을 찌푸리며 고개를 돌렸다.

"그들은 사람이 아닙니다."

죽은 아내에게서 온 선물

추 형사의 목소리는 단호했다.

"사람의 형상을 하고 있다고 해서 우리와 똑같이 취급하시면 절대 안 됩니다. 복제인간들은 어떻게든 살아남으려 할 테니까요. 자신의 생존을 위해서라면 방해되는 그 어떤 것도, 심지어는 사람까지도 쉽게 죽일 겁니다."

*

쾅. 수한은 리수한을 서재로 밀어 넣고는 문을 굳게 잠갔다. 집으로 오는 길 내내 리수한을 어딘가에 유기해버릴까 고민했지만, 혹시라도 그가 자신의 행세를 할까 두려워 차마 그러지 못했다. 그렇다고 해서 24시간 그를 감시할 수도 없는 노릇이었다. 일단 보이지 않는 곳에 수납해두기. 임시방편이지만 수한에게는 그것이 늘 그래왔던 가장 손쉬운 방식이었다.

"여기 언제까지 있어야 해요?"

닫힌 문 너머로 투덜거리는 리수한의 목소리가 들려왔다. 수한이 아무 대꾸도 하지 않자, 이내 체념한 듯한 한숨 소리와 함께 연신 무언가 뒤적거리는 소리가 들렸다. 지금 뭐 하는 거지. 수한은 귀를 문 가까이에 갖다 댔다.

40 · 41

“좆밥.”

좆밥이라니. 생각지도 못한 리수한의 욕설에 수한은 헛웃음을 삼켰다. 심지어 평소에 수한은 거의 쓰지도 않는 말이었다.

수한은 서재 앞은 물론 거실 조명까지 모두 환하게 켜고는, 서재 문이 보이는 적당한 곳에 자리를 잡고 앉았다. 경계를 선 보초처럼 서재에서 눈을 떼지 않으려 했지만 피곤이 무섭게 몰려왔다. 재이에, 리수한에, 죽은 나나의 쪽지까지. 하루에 감당하기엔 등장인물이 너무 많았다. 눈꺼풀이 서서히 감기더니 수한은 그대로 잠이 들었다.

얼마나 시간이 흘렀을까. 수한은 눈을 비비며 선잠에서 깨어났다. 집 안은 마치 아무도 없는 것처럼 고요했다.

“…리수한?”

수한은 닫힌 서재 문을 향해 리수한의 이름을 몇 번이고 불렀지만 아무런 답이 없었다. 맙소사, 설마? 수한은 떨리는 손으로 문손잡이를 잡아 돌렸다. 살아 있는 복제인간의 뒷감당도 싫지만, 죽은 복제인간의 뒤처리는 더더욱 하고 싶지 않았다. 수한은 하얗게 질린 얼굴로 서재 문을 벌컥 열었다. 다행인지 불행인지 리수한은 살아 있었다.

“야! 사람이 부르면 대답을 해야지!”

죽은 아내에게서 온 선물

수한이 버럭 소리를 질렀다. 리수한은 끼고 있던 이어폰을 천천히 빼며 태연하게 말했다.

"못 들었어요. 뭐 좀 보느라."

수한은 그가 보고 있는 것이 전에 자기가 쓰던 구형 스마트폰이라는 걸 알아차리고는 다급히 핸드폰을 낚아챘다.

"왜 남의 걸 보고 있어! 뭐야? 잠금은 어떻게 푼 거야?"

리수한이 자신의 검지를 들어 보였다. 하다하다 지문까지 똑같다니, 불쾌감에 수한의 미간이 저절로 찌푸려졌다.

"내 핸드폰으로 뭐 했어? 계좌 뒤지고 이런 이상한 짓 한 건 아니지?"

"도둑도 아니고 그런 걸 왜 봐요. 사진이랑 동영상 좀 봤어요."

"그걸 왜 봐? 남의 사생활인데."

"사생활이라기엔 이미 내가 다 아는 것들인데요."

"…다 안다고?"

리수한은 어디서부터 설명해야 할지 모르겠다는 듯 눈동자를 굴리다 수한과 자신의 머리를 번갈아 가리키며 말했다.

"당신의 기억들은 이미 내 머릿속에 다 있어요."

"내 기억들을 다? 어떻게?"

"몸만 복제된 게 아니라 뇌도 싱크되었으니까요."

리수한은 차분히 설명을 이어갔다. 리수한에 따르면 '싱크'는 말 그대로 뇌를 동기화하는 기술이었다. 싱크칩이라는 작은 칩으로 오리지널 인간의 뇌와 복제인간의 뇌를 연결한 뒤, 오리지널의 기억들을 데이터화해서 복제인간의 뇌에 옮기는 방식이었다. 잠자코 설명을 듣던 수한은 소름이 끼쳤다. 자신의 머릿속에 벌레가 들어와 있는 듯한 기분에 머리를 더듬거리며 물었다.

"언제 내 기억들을 훔쳐 간 거야?"

"왜 자꾸 날 도둑 취급해요. 훔친 게 아니라 백업 같은 거예요. 원본 데이터는 당신 머리에 그대로 있으니까 걱정하지 말아요."

"그러면 너는… 내 과거를 다 알고 있는 거야?"

리수한은 고개를 끄덕이더니 자신 있다는 표정으로 말했다.

"못 믿겠으면 한번 테스트해보든가요."

수한은 망설이다 재이가 태어난 날에 대해 물었다. 리수한은 너무 쉽다는 듯 여유롭게 대답했다. 재이가 태어난 시간과 장소, 그리고 그날의 분위기까지. 수한의 기억과 한 치도 다르지 않았다. 신기한 것인지 불쾌한 것인지 알 수 없는 느낌이 머리에 꽉 들어찼다.

"그런 쉬운 거 말고 더 비밀스런 기억에 대해 물어봐도 돼요."

"비밀스런 기억?"

"남들한테 말 못 했던 그런 거 말이에요."

수한은 잠시 머뭇거리다 초등학교 때 있었던 일을 떠올렸다.

"5학년 때 반장 선거 기억나?"

리수한은 눈을 반짝이더니, 마치 자기 일처럼 생생하게 어릴 적 기억을 풀어놓았다.

"친구들이 반장 만들어주겠다고 해서 자의 반 타의 반으로 생각에도 없던 선거에 나갔는데 반장은 무슨. 겨우 한 표 나왔잖아요, 한 표. 내가 진짜 쪽팔려서. 그런데 더 창피했던 건 뭔지 알죠?"

"알지."

"드디어 내 이름이 불리길래 그래도 한 놈은 의리를 지켰네, 누굴까? 하고 슬쩍 봤는데… 내 글씨체가 보이는 순간 진짜 어이가 없어서."

수한도 그때가 떠올라 헛헛하게 웃었다. 리수한은 이후에도 시시콜콜한 과거 이야기들을 계속 풀어놓았다. 수한은 오랜만에 만난 동창과 수다를 떠는 듯한 기분을 느꼈다. 예상치 못한 추억 놀이에 잠깐씩 잔잔한 미소를 짓기도 했지만, 어느 순간부터인가 입꼬리가 무겁게 내려앉았다. 익숙한 기억들이 낯설게 겹치면서 리수한이 어디까지 복제된 걸까 하는 의문이 피어올랐다. 수한은 리수한을 물끄러미 쳐다보며 물었다.

"그러면… 혹시 여기도 같은가?"

수한이 자신의 심장을 어루만지며 물었다.

"심장이요? 심장도 그대로 복제되었죠."

"아니, 신체 기관 말고 감정 말야. 누군가를 좋아하고 싫어하는 그런 감정을 너도 나랑 똑같이 느끼냐고."

한 치 망설임도 없이 대답을 이어가던 리수한은 질문을 받고 고장 난 기계처럼 잠시 멍하니 있었다. 짧지만 긴 정적이 흘렀다. 문득 수한은 인간적으로 보이던 리수한이 진짜 사람이 아닐 수도 있다는 생각에 사로잡혔다. 겉모습만 사람의 형상일 뿐, 저 안은 차가운 쇳덩이나 복잡한 디지털 코드로 가득 차 있을 것만 같았다.

"됐어. 그런 게 복제될 리가 없지."

수한이 발걸음을 돌리려는 순간, 리수한이 말했다.

"감정은 뇌에서 만들어지는 거예요, 심장이 아니라."

"뭐?"

"심장에서 뭘 느끼는 게 아니라 외부 자극에 뇌가 반응해서 만들어지는 신호 같은 거라구요."

죽은 아내에게서 온 선물

“무슨 말을 하고 싶은 거야?”

“그러니까 당신이 느끼는 걸 완전 똑같이는 아니어도 꽤 비슷하게 반응할 수 있다는 거죠. 음, 예를 들어 왕 부장에 대해 묻는다면….”

수한은 다음 말을 기다렸다. 리수한이 단어를 고르는 듯 잠시 뜸을 들이다 천천히 입을 열었다.

“…죠빠.”

또 저 욕을 쓰네. 도대체 어디서 배운 거지. 수한은 씁쓸히 웃으며 말했다.

“내 얼굴 하고서 그런 욕 쓰지 마. 상스러워 보이니까.”

수한의 말에 리수한은 고개를 저으며 말했다.

“아니, 욕이 아니라 ‘죠빠’ 말예요. 리벨라우스어 дупа.”

순간 수한의 눈동자가 심하게 흔들렸다. 욕설이라고만 생각했던 단어는 한국어가 아닌 죽은 아내의 모국어, 리벨라우스어였다.

“…네가 그 말을 어떻게 알아?”

“나나랑 처음 만났을 때 들었던 말이잖아요. 그걸 어떻게 잊어버려요.”

두 사람의 시선이 날카롭게 부딪혔다.

“당신이야말로 기억 못 해요?”

어떻게 그날을 잊겠는가. 나나와 처음 만났던 운

명적인 그날을. 수한의 머릿속에 그날의 이미지들이 파노라마처럼 스쳐 지나갔다. 수한은 리수한의 기억이 자신의 것보다 선명할지 모른다는 불안감에 기억을 천천히 더듬기 시작했다. 아득했던 과거가 저벅저벅 수한에게 다가왔다.

3장 호흡곤란의 첫 만남

3장 호흡곤란의 첫 만남

지금이야 뭐든 능숙하게 처리해내는 프로처럼 보이지만, 사회생활을 막 시작한 스물여섯의 수한에게 회사는 버거움의 연속이었다. 매일같이 사람들과 부대껴야 하고, 회의보다 술자리가 훨씬 잦았던 영업부서 일이 수한에게는 큰 스트레스였다. 일상적인 세일즈 업무 외에도 쏟아지는 고객들의 불평과 불만을 처리하느라 수한은 제때 퇴근한 적이 없었다. 일도 일이었지만 수한의 심신을 갉아먹는 일등 공신은 사수인 왕 대리였다. 그는 주말이면 마라톤이며 축구며 자신의 온갖 취미 활동에 수한을 끌고 다녔다. 수한의 사회화를 위해서라고 말했지만, 사실은 심부름꾼이 필요한 것이 이유였다.

'제19회 우주 환경 마라톤'

도대체 우주 환경과 뛰는 것이 무슨 상관이란 말

인가. 요상스런 대회명에 수한은 한숨을 내쉬었다. 늘 그렇듯 이번에도 왕 대리는 수한의 의사를 묻지도 않고 참가 신청을 접수해놨다. 가만 서 있어도 햇빛에 팔다리가 타들어갈 것 같은 날씨였다. 수한은 어제 늦게까지 야근을 해 컨디션이 좋지 않다며 사정했지만, 왕 대리는 들은 체도 하지 않았다.

"끝까지 바짝 쫓아와. 내가 말한 것들은 다 챙겨왔지?"

수한의 가방에는 왕 대리가 시켜 꽝꽝 얼려 온 얼음물과 수건 그리고 비상 간식들까지 한가득이었다. 무거운 짐 탓에 출발한 지 10분도 안 돼서 수한은 숨을 헐떡거리기 시작했다.

"야, 임마, 이수한! 정신 안 차려?"

왕 대리가 수한의 가방끈을 세게 잡아끌었다. 순간 스텝이 엉키며 수한이 발을 헛디뎠다. 오른쪽 발목에 찌릿한 통증이 퍼졌다.

"윽, 머, 먼저 가세요."

"젊은 놈 체력이 왜 그 따위야. 얼른 따라와!"

왕 대리의 질책에 수한은 다시 뛰어보려 했지만 칼로 찌르는 듯한 통증 탓에 한 걸음도 움직일 수가 없었다. 다시 뛰지도, 트랙에서 벗어나지도 못하는 그때였다. 뒤편 어딘가에서 특이한 웃음소리가 들려왔다.

"흐흐흣킥킥."

수한이 고개를 돌리자 하얗고 가녀린 갈색 머리의 여자가 이쪽으로 다가오고 있었다. 뭐가 그렇게 즐거운지, 여자는 친구들과 웃고 떠들며 수한을 스쳐 지나갔다. 싱그러운 삼나무 향이 수한의 코끝을 스쳤다. 그 향에 홀린 듯 수한은 절뚝거리며 여자를 따라 뛰기 시작했다. 등번호에 적힌 이름을 보아하니 여자의 이름은 나나인 듯했다. 나나가 걸으면 수한도 걷고, 나나가 뛰면 수한도 함께 뛰었다. 아까 접질린 오른쪽 발목이 퉁퉁 부어올랐지만 수한은 아픈 줄도 몰랐다. 그렇게 10킬로미터, 20킬로미터. 어느새 저 멀리 결승선이 보였다. 마라톤이 끝나면 다시는 그녀를 못 보는 건가. 수한은 트랙이 좀 더 길었으면 좋겠다는 생각까지 들었다.

하지만 수한의 몸은 이미 한계에 다다른 상태였다. 결승선을 눈앞에 둔 수한이 힘없이 바닥에 철퍼덕 쓰러졌다. 그는 발목이 끊어지는 듯한 통증을 느꼈다. 고통에 의식이 점점 흐릿해져가는 순간, 삼나무 향이 수한의 코를 간지럽혔다. 눈을 떠보니 누군가 그의 심장을 주무르며 다급히 구조대원을 부르고 있었다. 나나였다. 수한은 저도 모르게 헤벌쭉 미소를 지었다.

"야, 임마! 이수한!"

호흡곤란의 첫 만남

들것에 실려 응급차로 옮겨지는 수한을 발견한 왕 대리가 군중 속에서 달려 나왔다.

"환자분 지금 바로 이동 조치 해야 합니다."

"너 이 새끼, 일부러 이러는 거지? 나 보라고?"

왕 대리는 수한의 상태는 아랑곳하지 않은 채, 심드렁한 표정으로 그의 가방을 낚아챘다. 가방에서 물병을 꺼내 들었지만 깨진 병에는 물이 남아 있지 않았다.

"에이씨, 목말라 죽겠구만."

왕 대리는 입을 삐죽이며 깨진 병을 만지다 살짝 베인 손끝을 움찔 들어 올렸다. 피 한 방울 맺혔을 뿐인데 자기도 다쳤다며 응급대원 쪽으로 손을 흔들어 댔다. 수한은 목구멍 끝까지 욕이 차올랐지만 입술을 뗄 힘도 없었다. 그때 퍽! 누군가 왕 대리의 어깨를 세게 밀쳤다. 나나였다.

"죠빠!"

"뭐, 뭐라고?"

나나는 넘어진 왕 대리에게 침을 뱉듯 욕을 시원하게 퍼부으며 물병을 집어 던졌다.

"죠오빳!"

이를 본 수한의 입꼬리가 들썩거렸다. 왕 대리는 씩씩거리며 나나에게 달려들려 했지만, 응급대원이 문을 닫으며 응급차를 출발시켰다. 나중에 알게 된 것이었지만 나나가 했던 말은 욕이 아니라 꼴좋다는 뜻의 리벨라우스어였다.

"환자분, 천천히 심호흡해보세요."

숨을 내쉬자 심장이 터질 듯 아팠지만 수한의 입가에는 미소가 계속 걸려 있었다. 나나가 수한의 손을 잡아주고 있었기 때문이다.

"제 이름은 수한입니다. 이수한."

수한은 심호흡 마스크를 쓴 채로 웅얼거리듯 말했다. 나나도 무언가 계속 말을 건넸다. 어느 나라 말인지, 무슨 뜻인지 알 수 없었지만 수한은 그 말이 참 예쁘다고 생각했다. 수한이 계속 떠드는 바람에 결국 응급대원에게 한 소리를 들었지만, 그는 실실거리며 웃음을 감추지 못했다. 이대로 심장이 터져도 괜찮을 것만 같았다.

"음… 손은 네가 잡았어."

서재 의자에 앉아 수한의 얘기를 잠자코 듣고 있던 리수한이 끼어들었다.

"어?"

"네 기억이 잘못됐다고. 손은 나나가 아니라 네가 먼저 잡았어."

확신에 찬 리수한의 말투에 수한은 멋쩍게 웃으며 말했다.

호흡곤란의 첫 만남

“누가 먼저 잡았든 무슨 상관이야. 그리고 너 왜 갑자기 반말이냐?”

“네 얘기를 듣다 보니 부쩍 친해진 거 같아서.”

“친해지긴. 너도 이미 다 아는 얘기 아냐? 내 기억들을 다 복제했다며.”

“맞아, 다 가지고는 있지. 근데 뭔가 오래된 유물 같았거든.”

“유물?”

“왜, 박물관에 전시된 유물들 있잖아. 조상들이 실제로 이렇게 살았다고 고증되어 있지만, 막상 나는 그 시대를 살아본 적이 없으니 진실 같기도 거짓 같기도 한 것들 말야. 그런데 직접 들으니까 뿌옇게 빛바랜 유물들이 생생하게 살아나는 느낌이랄까, 정말 내가 경험한 거처럼 느껴져. 고마워.”

고맙다니, 복제해서 훔친 남의 기억이 마침내 자신의 것이 되게 해줘서 고맙다는 건가. 리수한의 감사 인사가 수한은 기이하게 느껴졌다. 리수한은 수한에게 더 많은 이야기를 듣고 싶어 했지만, 시간이 늦었기도 했고 더 들려줄 얘기가 마땅치 않았던 수한은 자리에서 일어났다.

“귀찮아서 그러지?”

리수한이 눈을 가늘게 뜨며 물었다.

“해줄 만한 얘기가 정말 없어서 그래.”

“하나도 없다고? 10년을 넘게 같이 살았잖아.”

“사는 게 원래 그래. 기억에 남을 정도로 빛나는 순간들은 잘 없어.”

리수한은 이해하지 못하겠다는 듯 고개를 갸웃거리더니, 자신의 오른쪽 귀밑에 붙어 있던 뭔가를 떼내어 수한의 손에 쥐여주었다.

“모르지, 그런 순간들이 많았는데 네가 잊어버린 걸 수도.”

수한이 손을 펼치자 새끼손톱만 한 크기의 얇은 칩이 반짝였다. 칩 위로 오로라처럼 영롱한 빛이 흘렀다.

“이게 뭐야?”

“싱크칩. 네 뇌와 내 뇌를 동기화해주는 장치야.”

리수한은 자신의 귀밑에 붙어 있는 같은 모양의 칩을 가리켰다.

“우리 둘 다 이걸 붙이면 뇌가 연결돼. 그리고 방금처럼 어떤 기억에 대해 말하면 그 기억의 해마가 활성화돼서 오래전 일도 마치 방금 벌어진 것처럼 생생하게 느낄 수 있어.”

수한은 어색한 표정으로 칩을 만지작거리며 말했다.

“나는 굳이 필요 없을 것 같은데.”

“방금 너도 좋지 않았어? 행복해하는 거 같았는데.”

호흡곤란의 첫 만남

사실 수한에게도 나쁘지 않은 추억 여행이었다. 나나와의 첫 만남에 대한 회상이 줄곧 건조했던 수한의 가슴에 은은한 온기를 불어주는 듯했다. 오랫동안 잊어버린 채 살고 있었다. 자신이 어떻게 사랑에 빠졌는지, 그날 얼마나 심장이 빨리 뛰었는지를. 수한은 잠시 말없이 칩을 바라보았다. 리수한은 그런 수한을 살피듯 보더니 조심스레 입을 열었다.

"신기하지 않아?"

"응. 이 작은 칩에 내 기억들이 전부 담겨 있다니 놀랍네."

"아니, 내 말은 그렇게 사랑했었는데 지금 이렇게 된 게 말야."

"이렇게 되었다니, 그게 무슨 소리야."

리수한은 수한을 안쓰럽다는 듯 쳐다보며 말을 이었다.

"나나를 원망하고 있잖아."

수한의 얼굴이 굳어졌다. 리수한의 말은 맞으면서도 틀렸다. 수한도 한때는 나나를 원망했었다. 자신의 삶이 이렇게 된 이유를 나나의 병에서 찾기도 했고, 나나가 안겨 있던 이름 모를 남자를 죽도록 저주한 적도 있었다. 하지만 나나의 죽음으로 모든 것이 끝나버렸다. 대상이 사라진 원망은 과녁 없는 화살처럼 허공만 맴돌 뿐이었다. 수한은 이제 나나를 미워하지도, 원망하지도, 그리워하지도 않았다.

"이제는 아냐. 그리고 너도 알잖아, 내가 왜 나나를 원망할 수밖에 없었는지."

그러자 리수한이 고개를 저었다. 수한은 알 수 없었다. 나나의 불륜에 대한 기억만큼은 리수한에게 복제되지 않은 것인지, 아니면 방어기제로 그 기억만 상실된 것인지. 리수한이 무슨 말이냐며 되물었지만 설명하고 싶지 않았다. 그날에 대해, 나나의 남자에 대해. 수한은 서재를 나서기 전 리수한을 빤히 쳐다보며 물었다.

"정말로 나나가 널 보낸 게 맞아?"

"나야 모르지, 난 상자 안에 있었으니까."

"그 전의 기억은?"

리수한은 진심 어린 눈빛으로 상자 이전의 기억은 자신에게 없다고 말했다. 있다 한들 뱃속 태아의 기억처럼 상실되었을 거라고 덧붙였다. 그 말 때문인지, 기억을 공유한 탓이었는지, 다음 날부터 수한은 서재 문을 열어둔 채로 집 밖을 나섰다.

평소보다 늦게 출근한 수한은 팀장실 벽에 붙여둔 가족사진 속 나나의 얼굴을 바라보았다.

"나 같은 새끼라니… 무슨 말이 하고 싶은 거야?"

수한은 사진을 잠시 바라보다가 자신의 구형 스마트폰을 꺼내 들었다. 리수한에게서 뺏어둔 폰이었

호흡곤란의 첫 만남

다. 화면을 켜자 한 영상이 바로 재생됐다. 리수한이 보고 있던 영상 같았다. 영상 속 나나는 손에 밀가루를 잔뜩 묻힌 채 흥얼거리며 요리하고 있었다. 뽀얀 밀가루가 나나의 얼굴 여기저기에 묻어 있었다. 영상을 본 수한의 입가에 옅은 미소가 지어졌다. 수한은 나나의 사진들을 하나씩 넘겨 보았다. 수한의 손을 꼭 잡은 채 웃고 있는 나나, 자신에게 안겨 잠이 든 나나. 사진 속 나나는 변하지도 희미해지지도 않은 채 거기 그대로 있었다. 사진을 넘길 때마다 나나와 함께했던 순간들이 어슴푸레 되살아났다. 나나에 대한 마음이 다시 피어나는 것만 같았다. 수한은 배터리가 닳아 전원이 꺼질 때까지 오래도록 핸드폰을 손에서 놓지 못했다.

＊

"상흔 간호사님, 오늘 안 나오셨나 봐요?"

병호병원을 찾은 추 형사의 손에는 고급 과일 바구니가 들려 있었다. 박 의원 사건 수사에 결정적 도움을 준 상흔에게 감사 인사를 할 겸 병원을 찾은 것이었다. 박 의원 사건 당시, 병호병원 측은 복제인간과 실제 사람을 구분하지 못했다는 것을 들키기 싫었는지 극도로 비협조적이었는데, 상흔 간호사만이

용기를 내 양심적인 증언들을 해주었다. 추 형사가 박 의원의 복제인간을 검거할 수 있었던 것도 그 덕 분이었다.

"그만뒀어요."

상훈을 찾는 추 형사에게 간호사 시영이 퉁명스럽게 대답했다.

"갑자기요? 왜요?"

"갑자기 그만뒀는데 제가 어떻게 알아요."

"두 분 꽤 친하신 걸로 알고 있었는데."

시영은 팔짱을 끼며 비꼬듯 말했다.

"저보다 형사님이랑 더 친할걸요?"

추 형사는 간호사 스테이션을 쓰윽 훑어보더니 말했다. 다음 주 근무 배치표에 아직 상훈의 이름이 남아 있었다.

"급하게 나간 거 같은데. 설마 부당해고당한 건 아니죠?"

시영의 눈동자가 미세하게 떨리자 추 형사는 이 틈을 놓치지 않고 더 몰아붙였다.

"박 의원 사건 때문에 잘린 건가요?"

당황한 시영은 더듬거리며 목소리를 높였다.

"지, 지금 이거 명예훼손이에요. 안 그래도 형사님 때문에 우리 병원 여기저기서 욕먹고 있어서 힘들어 죽겠다고요."

호흡곤란의 첫 만남

“병원이 잘못해서 그런 거지, 그게 제 잘못인가요?”

“계속 이러시면 경찰 부를 거예요!”

“부르세요.”

추 형사는 일부러 사람들이 다 들으란 듯이 목소리를 키워 말했다.

“경찰 오면 다 같이 수사하면 되겠네요. 상흔 씨가 부당해고당한 건지 아닌지.”

복도를 지나던 환자들과 사람들이 수군거리며 두 사람을 쳐다보자, 씩씩거리던 시영은 결국 포기한 듯 메모지를 찢어 상흔의 번호를 적어 건넸다.

시영과의 짧은 신경전이 끝나고 추 형사는 곧장 상흔에게 전화를 걸었지만, 신호음만 길게 이어질 뿐 받지 않았다. 그때 대기실 쪽에서 수군거리는 소리가 들려왔다.

“경찰 봤소? 거 혹시, 그거 땜시 온 거 아임까.”

추 형사는 걸음을 멈췄다.

“그기 머이요?”

대기실 안쪽엔 간병인 아주머니들이 모여 앉아 있었다. 추 형사는 그쪽으로 조용히 다가갔다.

“기억 안 남까? 끝방서 있던 그 외국인 색시 말이다.”

“아 그 으쓸한 아즈배이?”

“그 환자 죽고 남편이 보험금을 억수로 챙겼다 안 카디.”

"그 색시 복제인간이라는 얘기도 있던디."

"복제인간? 아이고, 흉물스럽다야."

추 형사는 간병인들 사이에 슬며시 얼굴을 들이밀고는 끼어들었다.

"저, 말씀 중에 죄송한데…."

"아이, 깜짝이야. 머이요?"

"방금 하신 얘기 좀 더 들을 수 있을까요?"

아주머니들이 서로 눈빛을 주고받으며 머뭇거리자, 추 형사는 들고 있던 과일 바구니를 건넸다. 간병인들은 과일을 한입 베어 물 때마다 이야기 부스러기들을 조금씩 꺼내놓았다. 1년 반 전, 병원 끝방에 장기입원해 있던 한 외국인 여자와 그녀의 남편에 대한 이야기였다. 여자는 말수가 적었고 남편은 한숨이 많았다. 어느 날은 지독하게 싸우다가도, 또 어느 날은 애틋하게 지내 주변 사람들이 걱정스러운 눈으로 바라보았다고 했다. 원래 부부가 그런 게 아니냐며 추 형사가 되묻자, 그 온도차가 지나쳐 지켜보는 이들이 조마조마할 정도였다고. 게다가 여자의 장례식장에서 남편이 우는 걸 본 사람이 아무도 없었다는 얘기도 덧붙였다. 추 형사의 두 눈동자가 먹잇감을 노리는 맹수처럼 날카롭게 빛났다.

호흡곤란의 첫 만남

퇴근 후 집에 돌아온 수한은 평소와는 다른 집 안 분위기에 당황했다. 부엌에서는 구수한 음식 냄새와 식기들이 부딪히는 소리가 흘러나왔다. 수한은 눈살을 찌푸렸지만 그 소리와 냄새가 은근 반갑기도 했다. 원래 사람 사는 집에선 이런 소리, 이런 냄새가 나는 게 맞지. 오랜만에 느끼는 일상의 온기에 수한은 저도 모르게 부엌으로 다가갔다. 리수한은 푹 끓인 순두부찌개를 식탁에 내려놓으며 말했다.

"저녁 안 먹었으면 같이 먹자."

찌개에서 모락모락 김이 피어올랐다.

"순두부 좋아하잖아."

수한은 군말 없이 수저를 챙겨 식탁에 앉았다. 따뜻한 국물을 입에 넣으니 속이 풀리는 듯했다.

"어때? 맛있지?"

"간은 맞네."

이 집에서 누군가와 밥을 먹는 건 참 오랜만이었다. 그때 수한의 핸드폰이 요란하게 울렸다. 여동생 지원이었다. 수한은 숟가락을 내려놓고 거실로 자리를 옮겼다.

"오빠, 재이 한국 왔어!"

흥분한 지원의 목소리에 수한은 덤덤하게 말했다.

“나도 알아.”

“안다고? 뭐야, 둘이 벌써 만났어? 만났구나. 재이가 뭐래? 왜 온 거래? 소송 때문에 온 거 아냐? 법원은 갔대? 아니다, 법원에 갔으면 나한테 통보가 왔을 텐데. 왜 왔대?”

“…못 만났어.”

“왜?”

“뭐가 왜야, 만나줘야 만나지.”

“오빠 네가 만나러 가면 되잖아!”

재이를 보러 갔다 그냥 돌아왔다는 한심스런 얘기를 수한은 차마 할 수 없었다.

“바빴어.”

“뭐 한다고 바빴는데?”

수한은 잠시 망설이다 부엌에 앉아 있는 리수한을 쳐다보며 말했다.

“…복제인간이 나타났어.”

잠깐의 정적이 흐르고 수화기 너머 지원의 웃음소리가 들려왔다.

“아이고, 그러셨구나. 그래서 바쁘셨구나? 재이도 오고 복제인간도 오고, 정신없었겠네. 그럼 복제인간한테 부탁하지 그랬어. 나 바쁘니까 재이 좀 대신 만나달라고.”

역시 지원은 믿지 않았다. 수한은 농담인 척 씁쓸

호흡곤란의 첫 만남

하게 웃어넘겼다.

"실없는 소리 좀 하지 마. 그리고 서명할 서류들이 좀 있는데, 이따 오빠 집으로 갈게."

"아, 안 돼!"

"왜? 오래 안 걸려."

"말했잖아, 바쁘다고. 서명은 다음에 할게. 다음에."

수한은 서둘러 지원의 전화를 끊었다.

"지원이?"

"아, 응."

통화 내용을 들었는지 식탁으로 돌아온 수한에게 리수한이 걱정스럽게 물었다.

"근데 재이는 왜 만나러 안 갔어?"

"…."

"아, 못 간 건가? 사실 겁이 날 만도 하지. 난 이해해."

"이해한다고?"

"너무 오랜만에 만나면 낯설고 어렵잖아. 괜히 어색하기도 하고."

"아는 척하지 마."

딱딱해진 수한의 목소리에 리수한이 눈치를 살피며 말했다.

"…마저 먹자. 다 식겠다."

수한은 입맛이 떨어졌는지 그릇 위에 놓인 두부를

숟가락으로 뭉개며 떨떠름한 목소리로 말했다.

"아니지. 네가 더 잘 알 수도 있겠다. 나보다 뇌도 신선할 테니까… 혹시 그거 알아?"

"뭘."

"재이가 왜 떠났는지."

"….."

"나는 기억이 잘 안 나서."

기억이 안 나는 게 아니라, 수한은 애초에 알지 못했다. 왜 재이가 자신을 떠났는지를. 재이는 나나의 장례식이 끝난 뒤, 수한에게 어떠한 설명도 없이 외할머니를 따라 한국을 떠났다. 리벨라우스, 죽은 엄마의 나라로 말이다. 처음엔 섣부른 호기심이라고 여겼다. 금방 돌아올 거라 믿었다. 자신도 한때는 아내의 나라가 어떤 곳인지 궁금했던 적이 있었기 때문이다. 하지만 그렇게 한 달이 되고, 1년이 지났다. 그리고 수한에게 날아온 것은 그토록 기다리던 재이의 소식이 아닌, 법원 소장이었다. 그것이 재이의 뜻인지, 외할머니의 고집인지 알 수 없었다. 재이에게 물어보고도 싶었지만 대답을 듣기 무서워 차마 묻지 못했다.

"그건 나도 모르겠다. 원래 아빠를 잘 따르지 않았어?"

리수한의 물음에 수한이 마른침을 삼키며 고개를

호흡곤란의 첫 만남

천천히 끄덕였다. 리수한은 턱을 괴고 잠시 생각하더니 다시 입을 열었다.

"그건 아는데."

"뭐?"

"나나가 왜 변했는지는 알아."

"나나?"

"응, 넌 나나가 언제부터 변했는지 알아?"

리수한의 질문에 수한은 입을 굳게 다문 채 머뭇거리다가 답했다.

"…병이 심해졌을 때부터?"

"아니."

"다른 남자가 생겼을 때부터?"

리수한은 고개를 내젓더니 차가운 목소리로 말했다.

"네가 나나를 미워했을 때부터."

"…뭐?"

"네가 나나를 미워했을 때부터 나나가 변했다고."

예상치 못한 답변에 수한이 발끈하며 따졌다.

"인과관계가 잘못된 거 같은데? 내가 나나를 미워해서 나나가 변한 게 아니라, 나나가 변했기 때문에 내가 나나를 미워한 거야."

"죽은 사람을 탓하는 거야?"

"누굴 탓하려는 게 아냐. 시작점을 확실히 하려는

거지.”

“손을 먼저 누가 잡았는지는 중요하지 않다며. 아, 그건 행복한 순간이라 안 따지는 건가. 불행에만 인과관계를 따지는 거야?”

“…그만하자.”

수한의 말에 리수한은 그럴 줄 알았다는 표정으로 말했다.

“수납하려는 거지?”

수납이라는 말에 수한이 방어적으로 목소리를 높였다.

“얘기가 너무 감정적으로 흐르는 거 같아 멈추려는 거야.”

“착각하는 거 같은데? 네가 감정을 다스린다고.”

순간 수한의 머리가 뜨거워졌다. 리수한은 차분한 말투로 덧붙였다.

“불편한 감정을 불편해하면 평생 네 마음으로부터 도망치면서 사는 거야.”

“….”

“마음은 외면한다고 사라지지 않아. 어딘가에 쌓여 있을 뿐이지.”

“….”

“너의 그런 태도 때문에 나나가 쪽지를 쓴 게 아닐까?”

호흡곤란의 첫 만남

리수한이 추궁하듯 말하자 예민해진 수한은 날 선 말투로 되받았다.

"나에 대해 함부로 말하지 마."

"널 생각해서 하는 말이야. 난 네 기억들을 다 가져…."

"너야말로 착각하지 마."

수한은 리수한의 말을 끊었다. 화를 꾹 참고 있는 표정이었다.

"내 기억들을 가졌다고 네가 내 삶을 산 건 아니잖아. 가상 체험 같은 거지, 진짜는 아니잖아. 그러니까 날 이해한다고 착각하지 마."

리수한은 옅은 한숨을 내쉬더니 이내 고개를 끄덕였다. 수한은 음식을 남긴 채 식탁에서 일어났다.

리수한과의 대화를 애써 무시하려 했지만, 그간 수납해왔던 감정들이 켜켜이 엉켜 밤새 수한을 무겁게 짓눌렀다. 내가 나나를 미워했을 때부터라니. 그게 언제였더라. 사랑의 시작은 선명했지만 증오의 시작은 희미했다. 수한은 자신 안에 쓰여 있을 미움의 연대기를 살폈다. 나나가 아프기 시작했을 때부터인가? 아니, 나나의 병을 알았을 때 수한은 미안함이 더 컸다. 그러면 나나에게 다른 남자가 있다는 걸 알게 된 순간부터? 그것도 아니다. 이미 그전부터 미움의 씨앗은 자라고 있었다. 그러면 언제였더라. 분

명 그렇게 사랑하는 사이였는데, 어쩌다가 이렇게
서로를 미워하게 되었을까.

호흡곤란의 첫 만남

명 그렇게 사랑하는 사이였는데, 어쩌다가 이렇게
서로를 미워하게 되었을까.

호흡곤란의 첫 만남

4장 515일 만의 재회

4장 515일 만의 재회

"86점이래, 86점!"

지원은 회사 앞까지 수한을 찾아와 서류봉투를 들이밀었다. 지원이 이토록 날 선 이유는 재이의 외할머니 측 변호사에게서 받은 메일 때문이었다.

"이러다 애 뺏긴다고!"

수한은 행여나 회사 사람들이 들을까 봐 지원을 회사 뒤편의 후미진 골목으로 끌고 갔다. 그러고는 다급히 지원이 건넨 서류들을 살펴봤다. 장모의 양육 적정 점수는 무려 86점이었다. 이대로 가면 결과는 뻔했다. 수한이 잠긴 목소리로 물었다.

"이 점수, 이거 확실한 거야?"

"저쪽 변호사가 직접 보낸 거야. 한국 오자마자 그동안 모아둔 자료 싹 제출했나 봐. 결과 뻔하다고 빨리 합의하자고 압박하는데…."

515일 만의 재회

"안 돼."

수한은 단호하게 말했다.

"나도 안 된다고는 했지. 근데 무작정 시간만 끌 순 없어. 곧 재이 생일이잖아."

재이의 생일이 다가오고 있었다. 아이가 열세 살이 넘으면 법원에서는 부모의 부양 능력만큼이나 아이의 의사를 중요하게 고려한다. 수한은 재이한테서 양육권자로 선택받을 자신이 없었다.

"점수 말고 다른 방법 없을까?"

수한이 연신 얼굴을 쓸어내리며 물었다.

"울면서 징징대기? 그게 통할지는 모르겠지만."

"이씨, 뭐라도 찾아봐. 너 변호사잖아."

"너야말로 아빠잖아!"

"….."

"그때 말한 법인장은 어떻게 됐어? 그거라도 없으면 승산 없어."

"아직 진행된 게 없어."

수한의 대답에 지원은 체념한 듯 빈정거렸다.

"그래, 그냥 그렇게 아무것도 하지 마. 재이 뺏기고 혼자…."

"그 뺏긴다는 소리 좀 그만해!"

수한이 버럭 소리를 질렀다. 뺏긴다는 말이 법원의 선고처럼 들렸다. 지원은 차분한 목소리로 말했다.

"오빠, 네가 아무것도 안 하고 33점에서 골골거릴 동안 저쪽에선 계속 뭔가를 했다고. 할머니가 여기 온 것도 한국 문화 직접 경험하면서 재이 더 잘 이해 하려고, 더 잘 키우려고 그런 거래. 네가 보기엔 누가 부모 같냐?"

"그거야 한국은 오려면 올 수 있는 곳이고, 저기는 그렇지가 않고…."

궁색한 변명에 수한이 말끝을 흐렸다. 지원은 옅은 한숨을 내쉬더니 수한의 어깨를 잡으며 말했다.

"오빠, 정면으로 부딪혀야 해."

"…."

"회피하기만 하면 재이도, 오빠가 그렇게 원하는 정상적인 삶도 되찾을 수 없어."

수한도 알고 있었다. 불편함을 피하려고 도망치다 지금에 이르렀다는 것을. 리수한의 말이 맞았다. 그 것들은 사라지지 않고 켜켜이 쌓여 있었다. 결국 편 하고자 피해온 것들이 수한을 더 망친 셈이었다.

지원과 헤어진 뒤 수한은 왕 부장에게 전화를 걸 었지만 답이 없었다. 마음이 조급해진 수한은 바로 전무실로 향했다. 평소 같으면 사전에 약속을 잡아 야 한다며 막아서는 비서가 있었을 텐데, 그날은 자 리에 없었다. 이때다 싶었던 수한은 그대로 전무실 로 돌진하더니 노크도 잊은 채 문을 확 열어젖혔다.

515일 만의 재회

“전무님, 잠깐 시간 좀….”

테이블에 앉아 있던 수십 명의 시선이 일제히 수한에게 쏠렸다. 음료수를 세팅하던 비서도 놀란 표정으로 수한을 쳐다봤다. 수한은 그제야 자신이 임원 회의에 난입했다는 사실을 깨달았다. 황당하기는 백 전무도 마찬가지였다.

“무슨 일인가?”

백 전무가 먼저 침묵을 깼다. 수한은 머릿속이 하얘진 채 입술만 달싹였다. 이렇게 된 이상 저질러나 보자는 마음으로 수한은 허리를 숙이며 큰 목소리로 말했다.

“저, 저를 러시아에 보내주십쇼!”

쾅. 수한은 그대로 복도로 쫓겨났다. 재이를 뺏길지도 모른다는 불안에 정신이 나가버린 걸까. 뒤늦게 자책과 원망이 뒤섞이면서 수한은 속이 울렁거렸다.

“야, 이씨 임마! 너 돌았냐? 임원 회의에 처들어가는 멍청한 새끼가 어딨어!”

왕 부장이 수한의 방문을 걷어차며 들어왔다. 책상에 머리를 박은 채 한동안 엎드려 있던 수한은 죄송하다는 말만 반복했다. 왕 부장이 왜 그랬는지를 물으며 다그쳤지만 수한은 할 말이 없었다. 왕 부장은 잠시 수한의 가족사진을 바라보더니 깊은 한숨을 내쉬며 물었다.

"너, 그 소문 정말이야?"

"네? 무슨….'

수한은 천천히 고개를 들었다. 왕 부장이 수한을 안쓰럽게 쳐다보고 있었다.

"와이프가 아들 데리고 자기 고향으로 도망갔다며."

"누가 그런 얘기를….'

"옆 팀 애가 봤다더라. 아침에 네가 변호사랑 실랑이하는 거."

이놈의 회사엔 이상한 소문을 지어내는 부서라도 있는 건지. 수한은 바로 왕 부장의 말을 정정하려다 자신을 딱하게 보는 그의 표정을 보고는 문득 마음이 바뀌었다. 수한이 착잡한 얼굴로 고개를 끄덕였다.

"너 임마, 그런 건 진작 얘기했어야지."

"집안 문제라 말씀드리기가 좀….'

"그래도 그렇지. 이런 짓을 할 애가 아니라면서 전무님이 알아보셨으니 망정이지, 어쩔 뻔했냐! 너 같은 놈을 추천한 나까지 미친놈 취급 받을 뻔했잖아!"

왕 부장은 답답한 놈이라며 한차례 잔소리를 늘어놓더니 옅은 한숨을 내쉬며 말했다.

"내일 시간 비워놔."

"…네?"

"전무님이 내일 점심에 보자고 하셨어."

515일 만의 재회

수한의 두 눈이 커졌다.

"다른 유력한 후보가 있었던 거 같긴 한데, 네 사정 들으시더니 한번 보자고 하시더라."

일이 이렇게 풀릴 줄이야. 감정적으로 벌인 행동이 모든 걸 망쳐버릴 줄 알았는데 예상치 못한 행운이었다. 그날 회사에 소문이 퍼지는 바람에 크고 작은 잡음들이 수한을 성가시게 만들었지만, 수한은 대수롭지 않게 넘겼다. 오히려 속에서 뭉클대던 불안의 실타래가 조금은 풀리는 기분이었다. 그렇게 하루가 잘 넘어가는가 싶었다. 재이의 연락이 오기 전까지는 말이다.

아빠, 저 서울 왔어요!

집에 돌아와 러시아 법인 관련 자료를 살펴보던 수한은 핸드폰을 열어보고는 자신의 두 눈을 의심했다. 1년 6개월 만에 받은 재이의 연락이었다. 마음 같아서는 왜 그동안 연락이 없었냐는 질문부터 어제 보러 갔었다는 얘기까지 구구절절 답장하고 싶었지만 아무래도 재이를 당혹스럽게 만들 것 같았다. 수한은 떨리는 손으로 천천히 한 글자, 한 글자 눌러가며 답장을 써 내려갔다.

오랜만이구나. 잘 지냈니?

네, 내일 바빠요? 잠깐 볼 수 있어요?

당연하지. 언제 볼까?

1시 어때요? 할머니가 그때만 괜찮다고 해서요.

수한은 한 치의 망설임도 없이 바로 답했다.

그래, 어디서 볼까?

안개공원에서 봐요. 우리 자주 가던 데요.

그러자. 지금 어디에서 지내니? 아빠가 데리러 갈까?

수한은 대화를 계속 이어가고 싶었지만 재이에게서 더 이상 답이 없었다. 내일이면 재이를 만나게 된다니. 어떤 얘기를 어디서부터 해야 할까. 재이도 자신만큼 아빠를 그리워했을까. 가슴이 몽글몽글해지려는 순간, 수한의 머릿속에 불이 켜진 것처럼 정신이 번쩍 들었다. 내일 1시?

수한은 급히 왕 부장에게 전화를 걸었지만 자정이 넘어서야 연락이 닿았다. 술에 취한 듯한 왕 부장은 이 밤중에 무슨 일이냐며 짜증 섞인 목소리로 받았다. 수한은 죄송하다며 백 전무와의 식사 일정을 바꿀 수 없는지 조심스럽게 물었다.

"안 돼. 다음 날 바로 베트남 출장 가셔."

515일 만의 재회

"그러면 다녀오신 뒤에…."

"전무실 난입해서 보내달라고 할 때는 언제고, 이제 와서 가기 싫어진 거야?"

"그게 아니라 다른 일정이 급하게 생겨서요."

"허, 참. 무슨 일정인데?"

"그게 아들이랑…."

수한은 재이 얘기를 하려다가 오늘 아침에 자신이 한 거짓말이 생각나 말을 삼켰다.

"아들이랑 뭐? 전무님 약속이 무슨 동네 브런치 모임인 줄 알아? 자기 마음대로 바꾸게!"

왕 부장의 고함에 우물쭈물하던 수한의 시선이 문득 서재로 향했다. 한가로이 앉아 책을 보고 있는 리수한의 모습이 보였다. 그래, 리수한이 있었지. 수한은 사과와 함께 내일 점심 때 뵙겠다는 말을 얼버무리며 서둘러 왕 부장의 전화를 끊었다.

수한이 핸드폰을 든 채로 서재 앞을 서성이자, 리수한이 먼저 입을 뗐다.

"무슨 할 말 있어?"

수한은 재이와 주고받은 메시지를 자랑하듯 보여주다가 이내 결심한 듯 입을 열었다.

"부탁 하나만 하자."

"무슨 부탁?"

"나 대신 회사 좀 가줘."

리수한은 두 눈을 끔뻑거리며 되물었다.

"지금 나보고 너 대신 출근을 하라고?"

"내일 전무님과 점심 식사가 있어. 절대 빠지면 안 되는 자리야."

"그렇게 중요한 자리면 직접 가면 되잖아."

"말했잖아, 난 재이를 만나러 가야 된다고."

"재이한테 다른 날 보자고 하면 되잖아. 바로 한국 떠나는 것도 아닐 텐데."

"부탁 좀 하자. 예전에 내가 살려준 보답으로 뭐든 하나 해준댔잖아."

내키지 않아 하는 리수한의 표정에 수한은 두 손을 모으고 말했다.

"재이가 나한테 이러는 거 처음이야. 나한테 뭘 하자는 얘기를 평생 안 하던 애가 먼저 만나자고 한 거라고. 잘은 몰라도 보내기 전에 고민 많이 했을 거야."

"…."

"아빠로서 해준 것도 없는데 만나자는 부탁 하나도 못 들어주면…."

수한이 말끝을 흐리며 고개를 떨궜다. 리수한은 수한을 물끄러미 쳐다보더니 체념하듯 말했다.

"가서 밥만 먹으면 되는 거지?"

그러자 수한이 리수한의 손을 덥석 잡았다.

"정말 고맙다. 진짜 고마워."

515일 만의 재회

“고맙다는 인사는 일이 잘 풀리거든 해.”

그날 밤, 수한은 최근 회사 업무 내용과 주의해야 할 행동, 백 전무의 성격 등 세세한 부분 하나하나까지 리수한에게 조목조목 설명해주었다. 처음엔 불안했다. 무모한 도박을 하는 건 아닐까. 리수한이 혹시 실수라도 하지 않을까, 들키지는 않을까, 걱정이 앞섰지만 리수한은 놀라울 만큼 습득이 빨랐다. 짧은 설명에도 정확히 맥락을 이해했고, 질문도 군더더기 없이 정확했다. 마치 뇌가 연결된 것처럼 수한의 지식들을 완벽하게 흡수해나갔다.

다음 날, 수한은 리수한의 헤어스타일을 최대한 자신과 비슷하게 손질하고, 옷과 가방은 물론 향수까지 어느 하나 빈틈없이 자신과 똑같아 보이도록 했다.

“잠깐만.”

문밖을 나서려던 리수한을 수한이 붙잡았다. 이제 저 문을 나가면 되돌릴 수 없었다는 생각에 수한의 손끝에 힘이 들어갔다.

“…잘할 수 있지?”

“걱정하지 마. 네 복제인간으로서 완벽하게 존재할 테니까.”

리수한이 웃으며 말했지만 수한은 마음이 놓이지 않는 듯 문을 열지 않고 머뭇거렸다. 주저하는 수한의 모습에 본 리수한이 입을 열었다.

"이 도박 너만 손해 아냐."

"어?"

"들키면 넌 회사를 못 나가는 정도겠지만 나는 폐기 처리라고."

"…."

"나, 아직 죽기 싫다?"

리수한이 씁쓸한 미소를 지어 보이자 수한은 천천히 문을 열어주었다. 리수한의 첫 외출이었다. 문틈으로 서늘한 바람이 스며들었다. 멀어지는 리수한의 뒷모습을 보며 수한은 문을 닫았다. 생각보다 고요했다.

*

수한은 재이와 약속한 장소에 제대로 도착하고도 몇 번이고 다시 지도를 확인했다. 공원의 상태가 수한의 기억 속 모습과 너무 달랐기 때문이다. 싱그럽던 나무들은 온데간데없이 사라지고 앙상한 나무들과 부서진 의자, 깨진 조명들이 공원의 스산함을 더하고 있었다. 수한은 이런 곳에서 혼자 기다리고 있을 재이가 걱정되어 헐레벌떡 공원 안으로 뛰어 들어갔다.

저 멀리 벤치에 앉아 있는 재이가 보였다. 수한은 행여 자신을 알아보지 못할까 조심스럽게 재이에게 다가갔다.

"아빠?"

수한의 두 눈에 눈물이 고였다. 수한이 반가운 마음에 양팔을 활짝 벌렸지만 재이는 흠칫하며 몸을 뒤로 뺐다. 순간 당황했지만 수한은 내색하지 않고 부드럽게 말을 건넸다.

"우리 재이, 많이 컸네."

두 사람은 나란히 공원을 걸었다. 얼마나 걸었을까. 아빠가 낯설어 말이 없던 재이도 이내 작은 입을 오물거리며 자기 얘기를 하기 시작했다. 할머니가 초콜릿을 못 먹게 한다는 둥, 축구 교실에서 자기가 제일 잘한다는 둥 재이는 그동안 쌓였던 이야기를 쏟아냈다. 못 본 사이 훌쩍 큰 것 같았는데, 여전히 어린아이 같은 모습에 수한은 마음 한편이 아려 왔다. 자신에게 재이가 필요했던 만큼 재이에게도 자신이 필요했을 텐데. 시간이 멈춘 듯 두 사람 사이에 따뜻한 공기가 감돌았다. 한참 재이의 이야기를 듣고 있던 그때, 수한의 핸드폰이 울렸다. 모르는 번호였다.

"재이야, 아빠 잠깐 전화 좀."

수한은 자리를 피해 전화를 받았다. 리수한이었다.

"여보세요, 난데."

다급해 보이는 리수한의 목소리에 수한이 걱정스럽게 물었다.

"무슨 일이야? 들켰어?"

"그런 거 아냐. 나 네 카드 좀 써도 되지?"

"어, 근데 정말 별일 없는 거지?"

리수한은 걱정 말라며 전화를 끊었다. 수화기 너머 들려오던 기계음이 신경 쓰였지만 수한은 서둘러 재이에게로 돌아갔다.

재이가 보이지 않았다. 방금 전까지만 해도 여기 있었는데. 재이를 찾아 주변을 두리번거리던 수한의 귀에 익숙한 웃음소리가 들려왔다.

"흐흐훗킥킥."

재이의 웃음소리였다. 수한은 소리가 들리는 쪽으로 다가갔다. 재이가 쭈그려 앉아 개미집에 음료수를 붓고 있었다. 죽은 개미들이 둥둥 떠다녔다. 재이는 킥킥거리며 개미집 입구에 음료수를 계속해서 들이부었다. 수한이 놀라 재이를 다그쳤다.

"재이야, 그러면 안 돼."

"재밌는데, 왜요."

재이가 남은 음료수를 더 부으려 하자, 수한은 재이의 팔을 잡아 빼며 말했다.

"아무리 작은 벌레라도 생명이 있는 존재잖아. 이

러면 안 돼.”

“그냥 노는 건데요.”

반항하듯 툴툴거리는 재이의 말투에 수한은 야단치듯 말했다.

“이재이, 이건 정말 나쁜 행동이야. 할머니가 안 가르쳐주셨니?”

“….”

수한은 재이의 잘못된 행동이 왠지 자기 탓 같아 괜히 더 목소리를 높였다.

“다시는 이런 짓 하지 마. 알겠어?”

재이는 잔뜩 입이 나와 투덜거렸다.

“Не будзь татам.”

“뭐?”

“Не будзь татам.”

“히에 부츠, 뭐? 아빠 못 알아듣는 거 알잖아. 한국말로 해줘.”

수한은 계속해서 무슨 뜻인지 물었지만 재이는 눈길을 피하며 애꿎은 흙바닥만 걷어찰 뿐이었다.

“이제 갈래요.”

재이는 신발에 묻은 흙을 털며 말했다. 당황한 수한이 재이를 달랬지만 재이는 고집을 꺾지 않았다. 수한은 결국 재이를 숙소로 데려다줄 수밖에 없었다.

숙소로 가는 동안 수한이 재이의 눈치를 살피며

이런저런 말을 건넸지만, 재이는 조용히 창밖만 바라볼 뿐 말이 없었다. 차 안에 서늘한 침묵이 흘렀다. 하늘이 수한의 낯빛처럼 흐려지더니 후드득 비가 내리기 시작했다.

"잠깐만 차에 있어."

숙소 앞에 도착한 수한이 트렁크에 있는 우산을 꺼내려 차에서 먼저 내렸다. 하지만 재이는 기다리지 않고 내리더니 그대로 숙소로 뛰어 들어갔다. 수한은 인사도 없이 멀어지는 아들의 뒷모습을 빗속에서 멍하니 바라보았다. 장대비가 수한의 머리 위로 무겁게 쏟아졌다.

집에 돌아온 수한은 비에 젖은 옷을 갈아입지도 않은 채 재이와 있었던 일을 곰곰이 되짚었다. 너무 심하게 야단친 건 아닌지, 실수로 재이에게 상처되는 말을 한 건 아닌지. 그러다 문득 재이가 했던 말이 귓가에 맴돌았다.

"히에 부츠 따땀."

젖은 손으로 핸드폰을 꺼내 번역 앱을 실행했지만, 해당 언어를 찾을 수 없다는 오류 메시지가 떴다. 최신 버전의 앱에서는 더 이상 리벨라우스어 번역을 지원하지 않았다. 수한은 가방을 뒤져 자신의 구형 스마트폰을 찾았다. 배터리가 나가 있었다. 수한은 서재를 뒤져 충전기를 찾아 연결하고 전원이 켜지길 초조하게 기다렸다. 띠링. 화면이 켜지자마자 번역 앱을 실행했다. '업데이트 하시겠습니까?' 메시지가 뜨자 망설임 없이 '아니오'를 눌렀다. 앱이 켜지자 수한은 또박또박 한 글자씩 말했다.

"히에, 부츠, 따, 땀."

잠시 후 번역 결과가 떴다. 화면을 본 수한은 심장이 멎는 것 같았다.

아빠 노릇 하지 마.

젖은 손끝에서 물방울이 뚝뚝 떨어졌다.

*

"이수한, 정신 차려!"

수한이 천천히 눈을 떴다. 유체 이탈이라도 한 건가? 리수한의 얼굴을 보고 수한은 잠시 자신이 죽었다고 착각했다. 리수한은 수한의 젖은 몸을 수건으로 닦아주며 말했다.

"왜 쓰러져 있어? 어디 아파?"

"비 맞아서 그래. 곧 괜찮아질 거야."

"재이랑 무슨 일 있었던 건 아니지?"

수한이 피곤하다며 힘겹게 몸을 일으키려 할 때,

핸드폰이 울렸다. 왕 부장이었다. 수한은 전화를 바로 받지 않고 리수한을 쳐다보며 물었다.

"뭐야? 무슨 사고 쳤어?"

"별일 아닐 거야. 집에 도착하면 전화한댔거든."

수한이 긴장한 표정으로 전화를 받았다.

"…네, 부장님."

"어, 이 팀장. 잘 들어갔지?"

수한은 순간 자신의 귀를 의심했다. 왕 부장은 수한을 한 번도 '이 팀장'이라고 부른 적이 없었다.

"목소리가 왜 그래? 어디 아픈 건 아니지?"

지금 왕 부장이 날 걱정하는 건가? 한 번도 들어보지 못한 다정한 말투였다. 수한은 당황해 리수한을 쳐다보며 말끝을 흐렸다.

"아픈 건 아닌데, 무슨 일로 전화를…."

"목이 쉰 거야? 하긴, 빗속에서 그렇게 소리 지르며 뛰었으니 목이 갈 만도 하지."

수한은 무슨 상황인지 감도 잡히지 않았다.

"오늘 정말 고생 많았어. 이 팀장 아니었으면 백 전무님 큰일 나셨을 거야. 보니까 예전 마라톤 때보다 훨씬 잘 뛰더만."

"아… 네에…."

"허허, 농담이고, 이번에 전무님 눈에 제대로 들었으니 러시아 법인장은 걱정하지 마. 나도 확실히 밀

515일 만의 재회

어줄 테니까.”

수한은 어안이 벙벙했다. 왕 부장은 몸이 안 좋으면 내일도 쉬라는 전에 없던 호의까지 베풀며 전화를 끊었다. 도대체 리수한이 뭘 한 거지. 수한은 벙찐 표정으로 리수한을 쳐다보며 물었다.

“무슨 일이 있었던 거야?”

리수한은 대답 대신 거실 테이블 위에 놓인 싱크칩을 집어 들었다. 수한의 귀밑에 칩을 붙이자 지잉, 하는 소리와 함께 리수한의 기억이 수한에게 들어왔다.

시작은 수한의 예상대로였다. 리수한은 수한이 일러준 대로 차분하게 러시아 세일즈 전략들을 설명했다. 수한이 준비한 것들을 잘 전달했지만, 제안들이 그리 새롭지는 않았는지 백 전무는 내내 심드렁한 표정이었다. 일은 식사가 거의 끝나갈 무렵에 벌어졌다. 디저트로 나온 아이스크림을 먹던 백 전무가 갑자기 헛기침을 하며 목을 벅벅 긁기 시작하더니, 픽 하고 쓰러진 것이었다. 왕 부장은 어쩔 줄 몰라 하며 달려온 직원에게 아이스크림에 땅콩이 들어 있는지 물었다. 백 전무는 심한 땅콩 알레르기가 있었는데 왕 부장의 주문 실수로 땅콩이 든 아이스크림을 먹은 것이었다. 왕 부장이 자기 탓이 아니라며 식당을 고소하겠다는 소리나 해대고 있을 때, 리수한은 헐떡이는 백 전무를 들쳐 업고 근처 응급실까지 한

달음에 뛰어갔다. 리수한의 신속한 대응 덕분에 백 전무는 큰 위기 없이 제때 치료를 받을 수 있었다.

리수한의 하루를 알게 된 수한이 싱크칩을 떼어내며 말했다.

"그래서 아까 카드 쓴다고 한 거였구나. 병원비 때문에."

"돈 낼 때 되니까 왕 부장이 갑자기 딴청을 피우더라고."

"그 인간 원래 늘 그런 식이야."

"실제로 보니까 더 별로더라."

"오늘 고생했네, 잘했어."

"잘한 정도가 아니라 완전 베스트로 해낸 거지. 러시아가 뭐야, 네가 가겠다고 하면 화성에라도 보내줄걸?"

수한은 칭찬이 필요한 아이처럼 우쭐거리는 리수한에게 호응해줄 기운이 남아 있지 않았다. 수한의 퀭한 얼굴을 본 리수한이 걱정스럽게 물었다.

"너 몸이 안 좋은 거 같은데, 내일도 내가 출근할까?"

수한은 망설이다 고개를 끄덕였다.

그날 이후 리수한은 수한을 대신해 출근하는 날들이 많아졌다. 수한은 회사뿐 아니라 자동차 수리나 은행 업무 같은 자잘한 일들까지 리수한에게 맡겼다.

515일 만의 재회

처음엔 '이건 해라' '저건 하지 말아라' 등 빡빡하게 가이드라인을 주던 수한의 간섭도 점차 줄어들었다. 리수한은 알아서 수한답게 행동했다. 어쩌면 수한보다 더 사람처럼 수한의 일상을 채워갔다. 회사에 나가 동료들과 어울리고, 퇴근 후 장을 보거나 청소를 하는 일까지 자연스럽게 리수한의 몫이 되었다. 반면 수한은 대체로 집에 머물면서 한가로이 시간을 흘려보냈다. TV를 켜둔 채로 멍하니 있기도 하고, 재이의 SNS를 둘러보다가 그대로 잠들기도 했다.

"웬 선물이야?"

리수한이 내민 것은 초콜릿 상자였다. 왕 부장이 베트남 출장을 다녀왔다가 준 거라고 했다. 수한은 빈정거리는 말투로 말했다.

"먹지 마. 독이 들었을 수도 있어."

"왜 그래. 법인장 준비 잘하라고 주신 건데."

수한은 초콜릿을 물끄러미 바라보다 물었다.

"비결이 뭐야?"

"무슨 비결?"

"사람들이랑 꽤 잘 지내는 거 같아서."

"지금 비꼬는 거야? 정말 궁금해서 묻는 거야?"

수한은 진심으로 궁금했다. 수한에게 어려운 일들이 리수한에게는 쉬워 보였으니까. 수한이 다시 묻자 리수한은 턱을 긁적이며 말했다.

"내가, 아니 네가 좋은 사람이니까 그렇지."

수한은 어색한 웃음을 지었다. 초콜릿 한 조각을 입에 물었다. 달콤하면서도 쌉싸름한 맛이 입안 가득 퍼졌다.

오래지 않아 리수한은 그 까다롭다는 1차 언어 테스트까지 수월하게 통과해냈다. 이제 법인장 발령까지 남은 건 임원 면접뿐이었다. 자기 없이도 원활하게 돌아가는 자신의 생활을 보면서, 수한은 다시 출근하고 싶은 마음도 생겼지만 그럴 수 없었다. 그러기엔 리수한이 너무 깊숙이 들어와 있었다. 그렇게 리수한의 날들은 점점 바빠졌고, 수한의 하루하루는 더 한가해졌다. 수한은 전에 없던 여유로움을 즐기면서도 알 수 없는 불편함에 부대끼기 시작했다.

"곧 재이 생일인 건 알지?"

재이의 생일 얘기를 먼저 꺼낸 건 리수한이었다.

"아, 알지. 다음 주잖아."

말은 그렇게 했지만 사실 수한은 깜박하고 있었다. 수한이 달력을 뒤적거리며 물었다.

"근데, 재이 생일은 왜?"

"이번 주말에 미리 선물도 사고 계획도 짜면 좋을 것 같아서. 평일엔 시간 내기가 힘드니까."

리수한의 말에 수한이 짜증 섞인 목소리로 말했다.

"내가 알아서 할게."

515일 만의 재회

“그래? 혼자서도 괜찮겠어?”

“혼자서도 괜찮겠냐니? 내가 혼자서는 못할 거 같아?”

날카로워진 수한의 목소리에 리수한은 머리를 긁적이며 말했다.

“아니, 지난번에 뭔가 둘이 안 좋게 헤어진 거 같아서 도와주려고 했지.”

수한은 재이와 만났던 그날이 생각나 머리가 지끈거렸다. 아빠 노릇 하지 말라며 자신을 싸늘하게 바라보던 재이의 표정과 축축하고 무거웠던 분위기가 떠올랐다. 또다시 그런 날을 겪고 싶지 않았다. 수한이 한층 누그러진 말투로 말했다.

“그래도 네 생각이 궁금하긴 하네. 재이 생일에 뭘 하려고 했는데?”

“알아서 한다며.”

“아무래도 네가 사람들이랑 잘 지내잖아.”

“너보다는 잘 지내긴 하지.”

리수한은 수한의 말을 부정하지 않았다.

“그리고 솔직히, 지난번엔 재이가 좀 지루해했거든.”

“뭘 했길래?”

수한은 리수한의 눈을 피하며 대답했다.

“그냥 뭐, 공원에서 산책하고 축구 얘기도 좀 하고 그랬지.”

“애가 지루할 만했네.”

“다음엔 어디 놀러라도 갈까 했는데 딱히 뭘 좋아하는지도 모르겠어서. 너라면 어떻게 할 건데?”

이 말이 아빠의 책임이자 권한을 떠넘기는 일이란 걸 수한 자신도 알고 있었지만, 괜히 무얼 하자고 했다가 저번처럼 재이에게 볼멘소리를 들을까 봐 두려웠다. 리수한도 이를 알아차렸는지, 수한의 핸드폰을 받아 들어 재이에게 보낼 메시지를 대신 써주었다.

재이야, 축구 교실 끝나고 잠깐 볼 수 있을까?
줄 선물이 있어.

메시지를 본 수한이 황당한 얼굴로 물었다.

“이, 이게 끝이야?”

“애들은 선물이 최고야. 선물이 뭔지 궁금해서라도 만나줄걸?”

수한은 리수한을 따라 축구 교실 근처 고급 스포츠 용품점에 들어섰다. 모자에 마스크로 얼굴을 가린 자신과 달리, 리수한은 버젓이 얼굴을 드러내고 재이에게 줄 선물을 골랐다. 오리지널인 자신이 숨어야 하는 이 상황이 수한은 못마땅했지만, 리수한

515일 만의 재회

이 선물을 마저 고를 때까지 잠자코 기다렸다. 가게를 찬찬히 둘러보던 리수한이 집어 든 것은 축구화였다. 수한이 다가가 낮은 목소리로 말했다.

"다른 게 좋지 않겠어? 축구화는 이미 있잖아."

"이거 230 사이즈 주세요."

리수한은 자기를 믿어보라며 수한의 반대에도 아랑곳하지 않고 축구화를 구입해 가게를 나왔다. 수한은 마뜩잖은 표정으로 리수한이 건넨 쇼핑백을 들고는 축구 교실 앞에서 재이가 나오길 기다렸다. 저 멀리 차 안에서 자신을 지켜보는 리수한의 모습이 보였다. 잠시 후 재이가 나오자 수한은 어색하게 손을 흔들었다. 아빠를 발견한 재이는 뚱한 표정으로 쳐다볼 뿐, 가까이 다가오지는 않았다. 아직 그날의 화가 다 풀리지 않은 듯했다. 수한은 용기를 내어 재이에게 다가가 쇼핑백을 건넸다. 표정은 무뚝뚝했지만 재이는 흘깃거리며 선물에 관심을 보이더니, 그 자리에서 바로 선물을 뜯어보았다.

"축구화네요?"

축구화를 든 재이가 잠시 멈칫거렸다. 역시 마음에 안 드는 건가. 초조해진 수한은 급하게 변명부터 늘어놓았다.

"별로지? 이게 아빠가 고른 게 아니라…."

"새거 필요했는데 어떻게 알았어요?"

새 축구화를 상자에서 꺼낸 재이는 신고 있던 신발을 얼른 벗었다. 재이의 엄지발가락과 뒤꿈치가 벌겋게 까져 있었다. 수한은 아차 싶었다. 이 나이 때 아이들은 발도, 키도 빨리 자라지. 재이는 새 축구화를 신으며 말했다.

"할머니한테 또 사달라고 하기 좀 그래서 그냥 신고 있었거든요."

새 축구화가 마음에 든 듯 재이는 이리저리 뛰어다녔다.

"이거 봐! 우리 아빠가 사준 거다. 멋지지?"

친구들에게 자랑하며 좋아하는 재이를 수한은 물끄러미 바라보았다. 신이 난 재이는 오늘 배운 기술이라며 축구 동작들을 보여주기 시작했다. 아직은 서툴러 발을 헛디디기도, 스텝이 꼬이기도 하자 재이는 속상한 듯 흙을 발로 차며 말했다.

"원래 진짜 잘하는데."

수한은 그새 풀린 축구화 끈을 다시 묶어주며 말했다.

"잘했는데, 왜."

재이가 입술을 삐죽였다.

"거짓말."

"진짜야. 아빠가 재이 SNS 매일 보는데 예전보다 훨씬 늘었는데? 국가대표 해도 되겠다."

515일 만의 재회

"내 SNS를 매일 봤어요?"

"그럼. 100번도 더 봤을걸?"

수한이 재이의 머리를 쓰다듬자 이번엔 수한의 손길을 피하지 않았다. 수한은 망설이다 나지막한 목소리로 말했다.

"아빠가 그날은 너무 뭐라 그랬지? 정말 미안해."

"…괜찮아요."

"서울엔 언제까지 있어? 다음 주가 생일이잖아."

"그때까지는 있을 거 같아요."

"그럼, 생일날에 아빠랑….”

그때 누군가 재이를 부르는 목소리가 들렸다. 재이의 외할머니였다.

"бабуля."

장모가 다가오자 수한은 당황했다. 장모는 수한을 보고도 못 본 척 지나치더니, 재이에게 다가가 야단치기 시작했다. 재이는 금세 시무룩해진 얼굴로 축구화를 벗었다. 수한은 머리를 숙인 뒤 최대한 정중한 말투로 말했다.

"괜찮아요. 제가 선물한 거예요."

장모는 들은 체도 하지 않았다. 수한은 뭐라 더 애기를 하고 싶었지만 리벨라우스어를 하지 못해 버벅거렸다. 재이는 그런 수한의 모습에 안심하라는 듯 미소 지으며 말했다.

"아빠, 제가 가면서 할머니한테 얘기 잘 할게요."

"화나신 거 같은데, 괜찮겠니?"

"네, 오늘 선물 정말 고마워요. 내일부터 이거 신고 연습할게요."

재이의 인사에 수한은 아쉽지만 고개를 끄덕였다.

"그래. 그럼 다음에 보자."

수한이 장모에게 어떻게 인사를 해야 할지 몰라 어색하게 머뭇거리자, 재이가 나섰다.

"다 빠바쎄니아."

"어?"

"안녕히 가세요라는 말이에요. 다 빠바쎄니아."

재이의 입 모양을 따라 수한이 천천히 따라 말했다.

"다 빠, 빠바쎄니아."

수한의 어색한 인사에 장모는 눈길을 내리깔았지만, 내심 놀라는 기색이었다. 재이는 할머니를 따라가면서도 몇 번이고 뒤를 돌아 수한에게 손을 흔들었다.

집으로 돌아오는 차 안에서 리수한이 우쭐거리며 말했다.

"거봐, 내가 말했지? 애들은 선물이면 다 된다니까?"

"재이 축구화 작아진 건 어떻게 알았어?"

"그 나이 때 애들은 하루가 멀다 하고 크잖아."

515일 만의 재회

별거 아니라는 듯 대답하는 리수한의 말에 수한의 낯빛이 어두워졌다. 자신은 놓치고 있었지만 리수한은 세심하게 알고 있는 것들이 둘의 차이이자, 리수한의 비결 같았다. 사람들과 잘 지내는 비결, 좋은 아빠가 되는 비결. 수한은 그제야 나나가 자신에게 리수한을 보낸 이유를 알 것 같았다. 수한은 창밖을 보며 덤덤하게 말했다.

"진작 오지, 나나가 살아 있을 때."

농담처럼 말했지만 진심이었다. 리수한은 점점 굳어지는 수한의 표정을 조심스레 살폈다.

"네가 있었더라면 나나랑 그렇게 되지 않았을 거야… 내 곁에 있었겠지."

리수한은 고개를 저으며 말했다.

"나나는 늘 네 곁에 있었어. 너만 바라보면서."

리수한의 단호한 말투에 수한의 표정이 미묘하게 일그러졌다. 수한은 동의할 수 없었다. 나나가 그 남자와 어떤 일을 벌였는지 모르는 건가? 정말로 불리한 기억은 복제되지 않은 건가. 수한이 답답하다는 듯 한숨을 내뱉으며 물었다.

"진짜 기억을 못 하는 거야? 아니면 모른 척하는 거야?"

"무슨 말이야?"

"병원 화장실에서…."

"화장실에서, 뭐?"

리수한은 정말 그날의 일을 모르는 표정이었다.

수한은 리수한을 빤히 쳐다보았다. 어쩌면 나나가 리수한을 자기에게 보내기 전에 일부러 그때의 기억을 지웠을 수도 있다고 생각했다. 나나에게 불리한 기억일 테니까. 창밖으로 지나는 가로등 불빛에 두 사람의 얼굴이 겹쳤다 흩어졌다를 계속 반복했다.

*

"나나 그레코바. 2년 전에 췌장암으로 죽은."

"몰라요. 정말 기억이 안 난다구요."

보험 설계사 소율은 추 형사의 모든 질문에 모르겠다는 말만 앵무새처럼 반복했다. 추 형사는 소율이 들고 나온 태블릿을 가리키며 말했다.

"아까 보니까 고객들 생일부터 가족 관계까지 싹 적혀 있던데. 그렇게 고객 관리 꼼꼼하게 하시는 분이 200만 원씩 낸 VIP를 기억 못 해요?"

소율은 기분 나쁜 표정으로 태블릿을 뒤집으며 말했다.

"VIP는 무슨, 형사님이 모르시나 본데 그만큼 내는 사람들 되게 많아요. 형사님도 이참에 생명보험 하나 드실래요?"

515일 만의 재회

"나 돈 없어요. 형사 월급에 매달 200만 원씩 갖다 바칠 여유가 어딨겠어요."

"매달은 무슨. 밀린 적도 얼마나 많…."

소율은 실언을 한 사람처럼 입술을 꾹 다물었다.

"이봐, 이봐! 기억하죠? 벌이도 없는 외국인이 그렇게 비싼 상품을 가입했는데, 나 같으면 이상해서라도 기억하겠어요."

"하나도 안 이상한데요?"

"정상적인 가입이었다는 거예요? 그러면 수사 방향 확 틀어지겠는데요?"

"…네?"

"피보험자가 보험금 노리고 일부러 고액 보험을 든 게 아니라, 설계사가 약관 설명도 제대로 안 하고 가입시킨 거 아닙니까. 그건 사기 가입이죠."

소율이 발끈하며 말했다.

"억지로 가입시킨 거 아녜요. 동의서에 사인 다 받았다구요. 보여드려요?"

"한국말도 못하는데 동의서를 어떻게 읽어요."

"요, 요즘엔 다 번역돼서 나와요."

"리벨라우스어 버전은 없던데."

"…."

소율이 아랫입술을 깨물었다. 추 형사는 책상에 놓인 핸드폰의 녹음기를 끄고는 날카로운 눈빛으로 물었다.

"솔직히 얘기해요. 그러면 그쪽 외국인 고객들에 대해 더 안 물어볼 테니까."

소율은 시선을 피하며 마른침을 삼켰다.

"진짜 보험금을 타 갈 줄은 몰랐던 거죠? 그것도 20억씩이나."

뒷조사를 위해 이미 소율의 보험사를 두 차례나 방문한 추 형사는 알고 있었다. 정직원이 되기 위해 성과가 필요했던 소율이 실적 압박에 시달리자 주로 한국어를 잘 못하는 외국인들을 상대로 비싼 보험들을 팔고 있었고, 나나도 대상 중 한 명이었다. 하지만 그동안 문제시되지 않았던 것은 가입한 외국인들의 대부분이 수령금을 받지 못했기 때문이다. 하지만 나나는 받았다. 그것도 거액으로. 소율은 잠시 머뭇거리다 입을 뗐다.

"살 거라고 했어요. 수술이 많이 늦어져서 회복이 더디긴 하겠지만 그래도 수술만 잘 받으면 생존율이 나쁘지 않다고 간호사가 그랬어요. 게다가 로봇 수술이라 의료 사고 확률도 거의 제로였다고요. 저 생존율 계산은 실수 안 해요. 괜히 보험왕이겠어요?"

"생존율은 나쁘지 않았다는 거네요?"

"나쁘지 않은 게 아니라 97프로였어요. 제가 바보도 아니고 죽을 환자를 대상으로 생명보험을 가입시

켰겠어요? 근데 수술을 안 받을 줄이야.”

“수술을 안 받았다고요? 입원 기록 보니까 수술 때문에 병원을 여러 번 옮긴 모양이던데? 수술을 왜 안 받았대요?”

“제 말이요! 죽고 싶어 미친 여자였을지 누가 알았겠어요.”

죽음을 앞둔 사람일수록 삶에 대한 집착이 강해지는 것이 일반적인데, 추 형사는 나나가 수술을 받지 않은 게 이해되지 않았다. 그러다 문득 한 생각이 머릿속을 스쳐 지나갔다.

“복제인간 같아 보이진 않던가요?”

소율은 놀라지 않고 차분한 말투로 대답했다.

“저희도 혹시 몰라서 다 조사했어요. 죽은 여자 DNA랑 처음 보험 가입했을 때 DNA가 일치하더라고요. 복제인간은 아니었어요.”

“처음 가입할 때부터 복제인간이 왔을 수도 있죠.”

“그 생각까진 못 했는데.”

“가입했을 때 혼자였어요?”

“아뇨, 남편이랑 같이 왔어요.”

소율은 태블릿에서 나나의 보험 가입 문서를 찾아 보여주었다. 보호자 성명 칸에 ‘이수한’이라는 세 글자가 또렷하게 쓰여 있었다.

*

수한의 머리카락이 바닥으로 우수수 떨어졌다. 리수한의 도움으로 손이 닿지 않는 뒷머리까지 말끔하게 다듬어졌다. 어느새 삶의 많은 영역을 리수한과 공유하게 된 그는 이제 더 이상 자기만의 헤어스타일을 고집할 수 없었다. 리수한과 똑같아진 새 헤어스타일이 어색했지만 왠지 그동안 풀리지 않았던 관계들마저 나아질 것 같은 기분이 들어 그다지 싫지만은 않았다.

한결 정돈된 머리와 어울릴 만한 옷을 골라 입고, 평소처럼 향수를 뿌리려던 수한은 순간 멈칫했다. 늘 뿌리던 향수지만 그날따라 향이 유난히 거슬렸다. 수한은 향수를 뿌리지 않고 집을 나섰다.

오랜만에 출근한 수한은 왕 부장과 직장 동료들에게서 전에 없던 살가움을 느꼈다. 원래도 평판이 좋은 편이었지만 사람들의 시선만큼은 어딘가 거리감이 있었는데, 묘하게 분위기가 바뀌어 있었다. 먼저 살갑게 말을 걸어오는 이들도 많고, 평소 수한을 어려워하던 어린 팀원들까지 장난을 치며 다가왔다. 회사가 원래 이런 곳이었나. 수한은 처음으로 온기를 느낄 수 있었다. 엘리베이터에서 마주친 백 전무도 마찬가지였다. 백 전무는 활짝 웃으며 뭐든 필요

한 것이 있으면 얘기하라고 말하더니, 내릴 때쯤에
는 과하게 팔을 벌리며 수한을 안아주기까지 했다.

　퇴근할 무렵 백 전무의 비서에게서 메일이 왔다.
임원 면접 날짜를 조율 중이니 불가능한 날짜를 언
질해달라고. 수한은 바로 답장을 쓰지 않고 집으로
가 리수한에게 일정을 물었다.

　"면접 보기 힘든 날이 있나?"

　"내가? 아니면 네가?"

　리수한의 농담에 수한이 키득거렸다. 리수한의 농
담도 썩 마음에 들었지만, 이런 장난을 칠 수 있는 누
군가가 있다는 것이 좋았다. 자신의 삶이 한껏 유쾌
해진 것 같았다.

　아빠, 할머니가 이번 일요일에 아빠랑 있어도 된대요.
같이 놀러 가요.

　재이에게서 메시지가 왔다. 수한의 입꼬리가 실룩
거렸다. 며칠 전까지만 해도 상상할 수 없는 행복이
었다. 모든 게 바라던 대로 흘러가고 있었다. 인정하
기는 싫었지만 리수한 덕분이었다. 수한은 흥얼거리
며 답장을 써 내려갔다.

　좋아. 아빠도 해줄 말이 있는데 잘됐다.

옆에서 메시지를 힐끗 보던 리수한이 물었다.

"무슨 말?"

"법인장 될 것 같다고 얘기해줘야지."

"우선 되고 난 다음에 말해도 늦지 않아."

"그래?"

"응, 일단 그 얘기를 먼저 해야 하지 않을까? 곧 생일인데."

"그 얘기? 무슨 얘기?"

"아빠랑 살지 할머니랑 살지 결정했냐고."

"…."

"법원에서도 물어보겠지만 미리 알아두는 게 좋을 거 같아서."

수한의 침묵이 길어지자 리수한은 용기를 북돋아주듯 말했다.

"너도 그날 재이 표정 봤잖아. 재이도 알 거야. 자기한테는 할머니가 아니라 아빠가 필요하다는 걸."

수한은 알았다고 답했지만 불안한 마음을 쉽게 가라앉힐 수 없었다. 재이의 대답을 듣는 것이 두려웠다. 그 대답 한마디로 평생 재이와의 관계가 결정될 거라 생각하니 무서웠다.

재이와 만나기로 한 일요일까지의 며칠이 유난히 길었다. 불안을 견디지 못한 수한은 하루에도 몇 번씩 리수한을 붙잡고 쓸데없는 걱정거리들을 늘어놓

515일 만의 재회

았다. 그러나 막상 재이의 얼굴을 보자 무거웠던 수한의 마음이 눈 녹듯 풀렸다. 이렇게라도 둘만의 시간을 보낼 수 있다는 사실이 위로가 되었다.

"아빠, 우리 오늘 어디 가요?"

수한은 리수한의 조언대로 재이와 축구 경기를 볼 생각이었다. 하지만 북적이는 인파 탓인지 재이는 경기장 입구에 들어가기도 전에 집에 가고 싶다고 칭얼거렸다. 수한은 집에 있을 리수한이 마음에 걸렸지만, 재이의 말을 우선 들어주기로 했다. 복잡한 사람들 틈바구니에 껴 정신없이 시간을 보내느니 집에서 단둘이 오붓하게 얘기하는 편이 좋을 것 같았다.

집에 도착한 수한은 바로 들어가지 않고 뜸을 들이며 벨을 여러 번 눌렀다. 집에 있는 리수한에게 숨을 시간을 주기 위해서였다. 재이가 의아한 표정으로 물었다.

"우리 집인데 왜 벨을 눌러요?"

"아, 집에 알려주는 거야. 재이가 오랜만에 왔다고."

재이는 수한의 말이 다정하게 들렸는지 싱긋 웃어 보였다. 재이는 수한을 따라 천천히 집 안으로 들어섰다. 다행히 리수한은 보이지 않았고 서재 문이 굳게 닫혀 있었다. 재이는 곧장 자신의 방으로 뛰어갔다. 방 안의 물건들은 물론 가구들까지 모두 재이가 떠나기 전 그대로였다.

“내 방 그대로네요? 내 고양이 컵도 아직 있네?”

“재이 거잖아. 다 그대로 뒀지.”

신난 재이는 틀린 그림 찾기를 하듯 집 안 이곳저곳을 돌아다녔다. 어릴 때처럼 소파 위에 올라가 방방 뛰기도 했다. 수한은 그런 재이가 귀여워 마냥 바라보다가, 재이의 발걸음이 서재 쪽으로 향하자 다급하게 막아섰다.

“여, 여기는 안 돼.”

“왜? 서재잖아요. 여기 엄마 물건들 많은데.”

“아, 그게… 지금 물건들이 너무 쌓여 있어서 위험해.”

“괜찮아요. 들어가볼래요.”

“다음에 보자. 아빠가 엄마 물건들 미리 꺼내놓을게.”

“지금 보고 싶어요.”

재이가 갈라진 목소리로 말했다. 금방이라도 울 것만 같은 표정이었다. 수한도 재이의 말을 들어주고 싶었지만 서재 안에 숨어 있는 리수한을 들킬 수는 없는 노릇이었다. 재이가 갑자기 서재 문고리를 움켜쥐고 문을 열려 하자, 수한은 버럭 소리를 질렀다.

“어, 없어!”

그 말에 재이의 얼굴이 새하얗게 굳었다. 잡고 있던 문고리를 놓으며 재이가 물었다.

“왜 없어요?”

“…버렸어.”

“엄마 물건들을요? 왜요?”

당황한 수한은 얼떨결에 아무 말이나 내뱉었다.

“죽은 사람들 물건은 오래 두는 게 아냐.”

재이의 두 눈이 시뻘겋게 달아오르더니 눈물이 그렁그렁 맺혔다. 수한이 달래보려 했지만, 재이는 수한의 손길을 뿌리치며 울음을 터트렸다.

“아빠 싫어! 아빠 미워!”

재이는 씩씩거리며 분노를 토해내듯 악을 썼다. 그러더니 손에 잡히는 대로 집 안 물건들을 마구 수한에게 집어 던지기 시작했다. 쿠션이며 책이며, 온갖 물건들이 수한에게 날아들었다. 수한이 재이를 진정시키려 했지만 재이는 좀처럼 화를 가라앉히지 못했다. 그때 날카로운 가윗날이 수한의 뺨을 스쳤다. 스윽, 베이는 소리와 함께 수한의 뺨에 붉은 피가 흘러내렸다.

“….”

수한의 피를 본 재이가 그제야 행동을 멈췄다. 그러고는 고개를 떨군 채, 아이가 내쉴 것 같지 않은 깊고 무거운 숨을 내쉬었다. 그 숨이 수한에게는 차가운 비명처럼 들렸다.

“재이야….”

"…."

"아빠는 괜찮아."

거칠던 재이의 호흡이 잦아들었다. 수한은 얼굴에 흐르는 피를 닦아내며 조심스레 재이에게 다가갔다. 재이는 싸늘한 목소리로 천천히 입을 뗐다.

"아빠가 엄마를 죽였지?"

수한은 순간 온몸이 얼어붙었다. 도대체 무슨 말을 들은 거지. 재이는 어둠 속에서 텅 빈 눈빛으로 수한을 노려보며 말했다.

"아빠가 엄마를 죽였잖아."

5장 잃어버린 얼굴들

5장 잃어버린 얼굴들

어떤 말은 시간이 지나도 그대로 심장에 박혀 있다. 마치 꺼내지 못한 총알처럼.

엄마를 죽였냐는 재이의 말을 들은 수한은 그 이후를 전혀 기억하지 못했다. 어떻게 재이를 숙소로 데려다주었는지, 어떻게 다시 집에 돌아왔는지. 오직 재이의 말만이 수한의 머릿속을 어지러이 맴돌 뿐이었다. 왜 그런 말을 했을까. 누군가 재이에게 자신을 모함한 것이 틀림없다. 재이가 혼자서 그런 생각을 했을 리가 없다. 누굴까? 누가 그런 말도 안되는 말을 지껄인 걸까.

가장 먼저 떠오른 사람은 장모였다. 나나는 어려서부터 어머니와 사이가 좋지 않았다고 했다. 한국에 온 이유도 어머니의 간섭으로부터 벗어나 독립하고 싶어서라고 말하곤 했었다. 수한은 몇 차례 장모에게 인사드리고 싶다고 말했지만 나나는 그때마다 다른 핑계를 대며 피했다.

수한이 장모를 처음 만난 건 나나의 장례식장에서였다. 처음 보는 얼굴이었지만 죽은 아내의 어머니라는 걸 단번에 알아차릴 수 있었다. 장례식에서 딸의 영정 사진을 본 장모는 누가 말릴 틈도 없이 수한에게 달려들어 살점이 떨어져나갈 정도로 수한의 목덜미를 세게 물어버렸다. 장정 여럿이 온몸으로 말린 뒤에야 겨우 떼어놓을 수 있었다. 장모는 바닥에 쓰러져서도 수한을 향해 고래고래 소리를 질러댔다. 정확한 의미를 알 수 없었지만 수한은 느낄 수 있었다. "네가 내 딸을 죽였어"라는 원망의 비명이라는 것을. 재이 역시 그날 할머니의 피 같은 비명을 들었을 것이다.

수한은 며칠 전 만난 장모의 눈빛을 떠올렸다. 아직까지도 원망이 사그라들지 않은 눈빛이었다. 아무래도 장모가 재이에게 그런 말을 했을 가능성이 높았다. 더욱이 양육권 분쟁 중인 지금, 자신과 재이를 갈라놓기 위해서라면 무슨 말인들 못 하겠는가. 수한은 당장이라도 장모를 만나 따지고 싶었지만, 심증만 있을 뿐 확실한 물증이 없었다. 그때 수한을 찾는 리수한의 목소리가 들려왔다.

"아직도 자? 출근 안 해?"

어느새 아침이었다. 밤을 꼬박 샌 건가. 침대에서 수한이 뒤척거리는 소리를 들었는지 리수한이 방문을 열고 들어와 조심스럽게 말했다.

"그, 어제 말야…."

어제라는 말에 수한은 리수한을 물끄러미 쳐다봤다. 혹시 어제 재이와 나눈 끔찍한 대화를 리수한도 들은 걸까. 하지만 리수한의 입에서 나온 이름은 다른 사람이었다.

"지원이가 집에 왔었어."

"지원이가? 언제?"

"네가 재이 데려다주러 나간 사이에."

"설마 문 열어준 건 아니지?"

리수한이 대답을 머뭇거리자 수한은 짜증 섞인 목소리로 말했다.

"왜 네 맘대로 사람을 들여. 여기가 네 집이야?"

"재이가 뭐 놓고 가서 돌아온 건가 했지."

리수한은 안심하라는 듯 빠르게 덧붙였다.

"적당히 둘러대서 잘 돌려보냈어. 눈치 못 챘으니까 걱정하지 마."

"그건 네 생각이지, 지원이 걔가 얼마나 눈치 빠른데. 근데 왜 왔대?"

"보험금 얘기를 하던데."

"보험금?"

수한은 그제야 나나의 사망 보험금을 떠올렸다. 나나가 죽은 이후 한 번도 건드리지 않은 돈이었다. 한동안은 액수조차 확인하지 않았다. 자신의 돈이 아니라고 생각했기 때문이다. 그랬던 수한이 처음으로 그 돈을 확인해야겠다고 생각한 것은 지원이 재이의 부양 능력 때문에 수한의 자산을 체크하면서부터였다. 보험금은 무려 20억 원이었다. 생각지도 못한 큰 액수에 수한은 손이 다 떨렸다. 수한은 그 돈을 모두 장모에게 보내려 했지만, 지원이 양육권 소송 중인 상대에게 그렇게 큰돈을 넘겨주는 건 멍청한 짓이라며 말렸다. 저쪽의 양육 적정 점수만 높아질 뿐이라면서. 재이의 미래를 위해 그 돈이 쓰이기를 나나도 원했을 것이라는 지원의 설득에 수한은 결국 보험금을 그대로 두기로 했다.

"보험금 계좌는 휴면 상태일 거야. 살려서 이 통장으로 돈을 옮기면 돼."

비밀번호와 통장 정보가 담긴 보안칩을 리수한에게 건네주며 수한이 말했다.

"인터넷으로 해도 되잖아."

"금액이 커서 직접 가야 해."

"얼만데?"

"20억."

액수를 들은 리수한의 눈동자가 미세하게 흔들렸다.

"지원이가 말한 자산 확인 서류도 받아와줘. 법원 제출용이라고 하면 떼줄 거야. 이제 와서 이 돈이 무슨 소용인가 싶긴 하지만…."

수한은 한숨을 내쉬더니 씁쓸한 목소리로 말했다.

"근데 괜찮겠어?"

"뭐가?"

"꽤 큰돈인데 내가 가도 괜찮겠냐고."

수한은 말없이 고개를 끄덕였다. 사실 그 돈을 자기가 직접 손대는 게 영 내키지 않았다. 재이에게서 엄마를 죽였냐는 말을 들은 뒤라서 그런지 더욱 꺼려졌다.

리수한이 은행으로 떠난 후 얼마 지나지 않아, 수한은 지원에게 전화를 걸었다. 수한이 얼굴을 쓸어내리며 말했다.

"…다 끝났어."

"어?"

"재이 말야, 할머니를 선택할 거 같아."

"할머니랑 살겠대?"

"그런 건 아닌데… 재이가 이상한 말을 했어."

수한이 말을 더 잇지 못하자 지원은 침착한 목소리로 말했다.

"나 지금 서울 올라가는 중이니까 일단 가서 얘기해."

잃어버린 얼굴들

수한은 흠칫했다. 자세히 들어보니 수화기 너머로 자동차 깜빡이 소리가 들려왔다.

"너 지금 어딘데?"

"대구 갔다가 올라가는 길이야."

"대구? 그럼 어제는 어떻게 우리 집에….”

"뭔 소리야, 나 주말 내내 대구에 있었는데."

수한은 머리가 얼어붙는 것 같았다. 순간 보험금 액수가 20억이라는 소리를 들었을 때 흔들리던 리수한의 눈동자가 떠올랐다. 수한은 전화를 급히 끊고 곧장 은행으로 향했다.

리수한은 은행 입구에서부터 데스크에 앉을 때까지 지극히 평범한 사람처럼 행동했다. 입구를 지키는 보안 요원부터 자기 순서를 기다리는 사람들, 그리고 은행 직원들까지 누구도 리수한을 수상하게 여기지 않았다. 리수한이 이 말을 하기 전까지는 말이다.

"솔직히 이건 아니지 않나?"

직원이 건넨 통장을 살펴보던 리수한은 기가 차다는 듯 중얼거렸다. 창구 직원은 혹시 자신이 실수라도 했나 싶어 액수를 다시 한번 확인하며 물었다.

"금액은 맞는데… 혹시 무슨 문제라도 있나요, 고객님?"

"20억 맞아요. 맞아서 하는 말이에요."

리수한은 정신 나간 사람처럼 또다시 수상쩍은 말을 내뱉었다.

"나나가 누구 때문에 죽었는데."

"…네?"

"잘못을 했으면 벌을 받아야죠, 돈이 아니라."

"고객님, 그게 무슨?"

"와이프를 죽였거든요."

"누, 누가요?"

"제가요."

리수한은 매서운 눈빛으로 통장을 쳐다보며 말했다. 눈빛과 다르게 입은 웃고 있었는데 그 모습이 뒤틀린 로봇처럼 섬뜩하게 보였다.

*

추 형사는 수한의 정보를 이리저리 조회해봤지만 별 소득을 얻지 못했다. 수한은 그 흔하다는 불법 주차 딱지 하나 나오지 않을 정도로 깨끗했다. 추 형사는 수한의 회사 홈페이지에 올라온 홍보 영상에서 수한을 발견할 수 있었다. 서글서글한 미소로 인터뷰하는 화면 속 수한의 모습 뒤로 벽에 걸린 큼지막한 가족사진이 눈에 들어왔다.

"이런 새끼들이 더 무섭다니까."

　추 형사는 구시렁거리며 수한의 법원 기록을 살펴 봤다. 법원 행정처에서 진행 중인 사건이 조회되었고, 현재 수한은 양육권 소송 중이었다. 아들과 같이 살고 있는 게 아닐 수도 있겠다는 생각이 스쳤다. 그때, 추 형사 앞자리에 앉아 있던 막내 경찰이 일어섰다.

　“저, 요 앞 은행 좀 다녀오겠습니다.”

　“거긴 왜?”

　“누가 돈 찾으러 와서 행패 부린대요.”

　“그걸 네가 왜 가, 그 앞 지구대 보내면 되잖아.”

　“거기 지점장님이 팀장님한테 직접 전화하셨답니다. 웬 남자가 돈 찾으러 와서는 자기가 사람을 죽였다고 막 그랬다는데, 무튼 좀 수상한가 봐요.”

　“살인을 자백했다고?”

　막내 경찰은 메모지에 적힌 내용을 흘겨보며 대답했다.

　“아내를 죽였는데 돈을 받는 게 말이 되냐고 그랬대요.”

　추 형사는 자기도 같이 가자며 서둘러 겉옷을 챙겨 일어섰다.

　은행 입구 쪽에서 소란스러운 소리가 들려왔다.

　“사람을 죽였다니까요!”

　리수한이 덩치 큰 요안 요원들에게 끌려 나오고

있었다.

"경찰 불렀습니다. 일단 진정하시고."

"그것도 아내를 죽였….."

폭주하던 리수한이 하던 말을 멈추고 뒤를 돌아봤다. 마스크를 쓴 수한이 리수한의 어깨를 꽉 움켜잡고 있었다. 수한의 눈빛은 터질 것 같은 분노로 가득 차 있었다. 보안 요원이 수한을 쳐다보더니 물었다.

"아시는 분입니까?"

수한은 보안 요원의 시선을 피하려 고개를 숙인 채 리수한에게 나지막이 말했다.

"조용히 가자."

"싫어."

"네 의견을 물어본 게 아냐. 가자고."

수한이 리수한의 옷깃을 세게 잡아당겼지만 리수한은 꿈쩍도 하지 않았다. 수한은 뒷주머니에 숨겨 둔 전기 충격기로 그를 기절시켜서라도 끌고 가고 싶었지만, 은행 유리창 너머 수한과 리수한을 쳐다보는 사람들의 시선이 느껴져 참을 수밖에 없었다. 수한은 이를 악물고는 리수한의 귓가에 묵직하게 속삭였다.

"경찰 오면 넌 끝이야. 폐기당하고 싶어?"

폐기 소리에 리수한은 잠시 멈칫하더니 발을 뗐다. 보안 요원이 경찰 조사를 위해 잠시 대기해달라

잃어버린 얼굴들

고 했지만, 수한은 지체할 것도 없이 리수한을 차 안
으로 밀어 넣고는 은행을 빠르게 빠져나왔다. 수한
의 차가 막 은행 입구를 벗어나던 찰나, 추 형사와 막
내 경찰의 차가 들어왔다. 간발의 차이였다.

눈앞에서 수한을 놓쳐버렸다는 사실에 추 형사가
미간을 찌푸렸다. 추 형사는 수한이 다녀갔다는 창
구를 빠르게 훑어보았다. 책상 위에 놓인 '출금 및 이
체 신청서'가 눈에 들어왔다. 이수한의 이름과 서명
그리고 금액이 보였다. 일십백천만십만… 억, 20억.
보험 상담사가 말했던 나나의 보험금 액수와 정확히
일치했다.
　"이 사람이 맞나요?"
　추 형사가 핸드폰으로 수한의 사진을 보여주자,
창구 직원이 고개를 끄덕였다.
　"특별한 점은 없었습니까? 누군가에게 협박을 당
한다거나 쫓기는 것처럼 보였다든지."
　"자기가 아내를 죽였다고 말하는데, 뭔가 좀 이상
해 보였어요."
　"어떤 점이요?"
　"눈이 벌게져서는 분노에 가득 차 보였어요. 살인을
저지른 범죄자가 아니라 피해자처럼 말하더라구요."
　추 형사는 책상에 놓인 신청서를 집어 들어 수한

의 서명을 자세히 살펴보았다. 반듯한 정자체에 어딘가 어색한 획 처리. 아까 법원 소장에서 본 것과는 달랐다. 그때 지점장과 얘기를 마친 막내 형사가 다가오며 말했다.

"그 돈, 사망한 아내의 보험금이 맞다고 합니다."

"그럴 줄 알았어."

"아직 단정 지을 수는 없지만, 보험금 때문에 아내를 죽인 걸까요?"

"그건 모르지."

"막상 돈을 보니까 죄책감 때문에 자백한 걸 수도 있잖아요."

"다른 사람의 죄를 말한 걸 수도 있고."

"네?"

추 형사는 막내 형사에게 신청서를 보여줬다.

"다른 문서와 서명이 달라."

"매번 똑같이 서명하지는 않지 않습니까? 문서마다 조금씩 달라지기도 하고."

"그 정도가 아냐. 손에 밴 버릇이 통째로 사라진 수준이라고."

"그게 무슨… 그럼 이수한 씨가 아닐 수도 있다는 겁니까?"

"서명 같은 습관은 쉽게 흉내 낼 수가 없어. 살아온 세월이 없으면 더 그렇지."

잃어버린 얼굴들

추 형사의 말에 막내 형사가 입술을 움찔거리더니 떨리는 목소리로 물었다.

"설마… 복제인간일까요?"

복제인간이라는 말에 몇몇 은행 직원들이 수군거리기 시작했다. 추 형사는 짧은 숨을 몰아쉬며 다시 신청서를 내려다봤다.

*

수한은 리수한을 차고와 연결된 어두운 지하실로 거칠게 끌고 갔다. 수한이 손전등을 리수한의 얼굴에 내리꽂듯 정면으로 비추며 다그쳤다.

"너 뭐 하는 새끼야! 내 앞에 왜 나타난 거야?"

리수한은 눈을 찡그리며 말했다.

"은행 가라고 해서 갔더니 왜 이러는 거야. 눈 부시니까 그거 좀 치우고 말해."

수한은 손전등을 움켜쥔 채 리수한 앞으로 성큼성큼 다가섰다. 수한의 이마에는 핏줄이 금방이라도 터질 듯이 팽팽하게 곤두서 있었다. 수한은 부들거리는 목소리로 말했다.

"너지? 네가 재이한테 그딴 말 지껄였지?"

"내가 무슨 말을 했다는 거야?"

"내가 나나를 죽였다고!"

리수한이 순간 멈칫하자 수한의 얼굴은 의심에서 확신으로 변하더니, 이내 분노로 일그러졌다.

"아까 은행에서 네가 한 말 못 들었을 거 같아? 뭐? 살인죄? 내가 아내를 죽여?"

리수한은 침착하라는 듯 손짓하며 수한에게 천천히 다가왔다.

"일단 진정해봐. 내가 그런 말을 한 건…."

수한은 턱끝까지 끓어오르는 분노를 억누르며 거친 숨을 몰아쉬었다. 수한이 잠깐 고개를 돌리는 순간 퍽! 리수한이 수한의 손을 세게 내리쳤다. 들고 있던 손전등이 바닥에 떨어지며 산산조각 났다. 순식간에 지하실은 칠흑 같은 어둠에 잠겼다.

"뭐, 뭐 하는 거야!"

수한은 어둠 속에서 허둥대며 바지 뒷주머니를 더듬거렸다. 뒷주머니에 넣어둔 전기 충격기를 찾으려 했지만 아무것도 만져지지 않았다. 수한은 주저앉아 바닥을 더듬기 시작했다. 손끝에 딱딱한 금속 같은 것이 닿았다. 조심스럽게 손을 뻗은 순간 스파크가 튀면서 번쩍하더니, 리수한의 얼굴이 어둠 속에서 선명하게 드러났다. 리수한은 음흉한 미소를 지으며 전기 충격기를 수한의 목덜미에 내리꽂으려 했다. 그때 끼익, 지하실 문이 열렸다.

"오빠?"

지원이었다. 쏟아지는 햇빛에 리수한이 눈을 찌푸리는 순간, 수한이 재빨리 전기 충격기를 낚아채 리수한에게 휘둘렀다.

"으아악!"

리수한이 온몸을 부르르 떨며 바닥에 쓰러졌다.

"오빠! 괜찮아?"

놀란 지원이 달려와 수한을 부축했다. 그러다 피를 흘린 채 바닥에 쓰러져 있는 리수한을 보더니 입을 틀어막았다.

"이, 이건 누구야?"

수한은 가쁜 숨을 몰아쉬며 말했다.

"내 복제인간."

"맙소사, 그때 말한 복제인간 얘기가 진짜였어?"

수한은 쓰러진 리수한의 코끝에 손가락을 갖다 대었다. 다행인지 불행인지 아직 숨이 붙어 있었다. 지원이 질책하듯 물었다.

"도대체 이런 걸 왜 만든 거야! 불법인 거 몰라?"

"내가 만든 거 아냐. 나나가 보낸 거지."

"새언니가? 왜?"

"얘기가 길어. 일단 쟤부터 묶어놓자."

수한은 기절한 리수한의 팔다리를 케이블 타이로 단단히 묶어 지하실 기둥에 고정시켰다. 피 흘린 채 사지가 묶여 있는 리수한을 보니 입안이 바싹 말라

붙었다. 아무리 복제인간이라 해도 결국은 인간의 형체였다.

"그럼 오빠가 진짜인 거지?"

지원은 팔짱을 낀 채 두 사람을 번갈아 쳐다봤다. 지원의 의심스런 눈빛에 수한은 자신의 뺨에 난 상처를 가리키며 말했다.

"재이랑 만났을 때 생긴 상처야. 나는 있고 재는 없어."

"음… 그건 나도 모르는 상처라 그걸로 구분하기는 힘들 거 같은데."

지원은 쓰러져 있는 리수한의 목을 찬찬히 살펴보더니 수한에게 물었다.

"그 흉터, 오빠는 있지?"

"무슨 흉터?"

"장례식 때 생긴 흉터 있잖아. 이 사람은 없네."

수한은 옷깃을 젖혀 자신의 목덜미를 보여주었다. 선명한 흉터 자국을 본 지원이 그제야 긴장을 풀었다.

지하실에서 나온 수한은 지원에게 며칠 사이 있었던 일들을 모두 털어놓았다. 악몽 같으면서도 어쩌면 선물 같았던 나날들에 대해. 이야기를 들은 지원이 씁쓸하게 물었다.

"근데 리수한은 왜 재이한테 그런 말을 한 거야? 오빠가 새언니를 죽였다는 말."

잃어버린 얼굴들

"모르지, 내 돈을 노렸던 걸지도."

지원은 이해가 안 된다는 듯 고개를 갸웃거리며 말했다.

"오빠한테 살인죄를 덮어씌우고 그 돈을 가지려 했다고? 근데 말만 그렇게 하면 뭐 해. 증거도 없는데."

수한도 아무 말도 하지 못했다. 머릿속이 뒤엉켜 아무 생각도 떠오르지 않았다. 지원은 망설이는 듯 입술을 깨물더니 천천히 입을 열었다.

"아까 뇌도 다 싱크된다고 했지? 그럼 속마음까지 복제되는 건가?"

"그럴 수도 있겠지. 왜?"

"이런 말하기는 조심스러운데… 오빠, 그런 말 했던 거 기억나?"

"무슨 말?"

"왜, 새언니한테 그런 말 한 적 있댔잖아."

지원은 잠시 망설이더니 입을 뗐다.

"…네가 내 지옥이라고."

"어?"

"아니, 예전에 감정이 격해져서 싸우다가… 죽어버리란 말까지 했다고, 후회한다고 했었잖아."

수한은 반박하려다 말문이 막힌 듯 입을 다물었다. 지원은 굳어버린 수한의 얼굴을 살피며 조심스럽게 물었다.

"아닌가, 내가 잘못 기억하는 건가?"

잠시 정적이 흘렀다. 마치 폭발 직전의 고요처럼. 수한은 속이 메스꺼웠다. 토할 것 같았다. 순간 수한의 마음속 오래 닫아두었던 방문 하나가 덜컹 열리면서 어느 지독했던 하루가 떠올랐다. 어둠이 짙었던 수한의 기억 속에 작은 불이 하나 켜졌다.

지금으로부터 3년 전, 어제보다 나빠진 오늘이 끝없이 반복되던 시절이었다. 췌장암 투병 중인 나나에게도, 그 곁을 지키는 수한에게도 하루하루가 전쟁이었다. 담당 의사는 수술 말고는 방법이 없다고 했지만 나나는 몸에 칼을 대는 건 죽어도 싫다고 악을 썼다. 수한은 나나를 이해할 수 없었다. 수술하기 싫다는 말이 살기 싫다는 말처럼 들렸다. 나나의 병세는 점점 나빠졌다. 수한은 나나를 설득하려고 했지만 그 끝은 늘 싸움이 되었다. 수한이 재이가 보는 앞에서 무릎 꿇고 애원하자 나나는 마지못해 수술을 받겠다고 대답했다. 하지만 병원의 수술 일정은 이미 1년치가 넘도록 꽉 차 있었고, 바로 수술을 받을 수 있는 다른 병원도 없었다. 수한은 담당 의사와 간호사를 찾아가 매달리기도, 지원의 지인에게 머리를 조아리며 사정을 하기도 했다. 그렇게 몇 날 며칠을 정신없이 뛰어다닌 끝에 겨우 수술 날짜를 잡을 수 있었다.

하지만 수술 당일 나나는 흔적도 없이 사라졌다. 병원 어디에서도 찾을 수 없었다. 어떻게 잡은 수술인데. 수한은 분노했지만 밤늦게 앙상한 몰골로 돌아온 나나를 보고는 아무 말도 할 수 없었다. 조금이라도 화를 내면 나나는 금방이라도 부서져버릴 것만 같았다.

수한은 더 많은 약물 치료가 가능한 병원으로 나나를 옮겼다. 다행히 나나는 새 병원을 더 좋아했다. 담당 간호사인 상흔과도 잘 지내는 듯 보였다. 수한은 병원을 옮기길 잘했다고 생각했지만 잠시뿐이었다. 좋아졌다가 나빠지기를 반복하며 끝날 기미가 보이지 않는 지난한 투병 생활에 나나도, 수한도 점점 지쳐갔다. 나나는 밥도 약도 제대로 먹지 않았고, 수한은 사소한 일에 쉽게 짜증을 냈다.

"슬리퍼 여기 두지 말랬지."

재이가 슬리퍼를 밟고 미끄러져 다치는 일이 생기자, 수한은 투덜거리며 짜증을 냈다. 슬리퍼로 시작된 잔소리는 수건이나 식사 같은 사소한 지적들로 이어졌고, 나나는 귀를 틀어막았다. 병실을 찾는 수한의 발걸음도 점점 줄어들었다. 회사 핑계를 대며 병실 앞 복도에서 시간을 보내다 돌아가는 일도 잦았다. 그날따라 더 축 처진 어깨로 복도 의자에 걸터

앉아 있는 수한을 본 간호사 상흔이 다가와 물었다.

"안 들어가세요?"

수한은 텅 빈 눈빛으로 대답했다.

"냄새가 너무 싫어서요."

"무슨 냄새, 아… 소독약 냄새요?"

"네, 저까지 환자가 되는 거 같아요. 도대체… 언제 끝날까요."

수한은 말하자마자 고개를 떨궜다. 수한도 그런 말을 해선 안 된다는 걸 알고 있었다. 아픈 사람은 다름 아닌 자기 아내이고, 자신은 아픈 아내를 지켜줘야 할 보호자니까.

수한이 병실 문을 열자 소독약 냄새가 쏟아져 나왔다. 우욱, 수한은 숨을 참은 채 화장실로 달려가 변기를 부여잡고 구역질을 했다. 변기에서 하수구와 오물 냄새가 뒤섞여 올라왔지만, 수한은 오히려 병원 냄새보다 더 견딜 만하다고 생각했다. 괴로운 건 수한뿐이 아니었다. 침대 위에서 나나는 빼빼 마른 몸을 웅크린 채, 몸이 찢어질 듯한 통증에 끙끙거리고 있었다. 수한은 숨을 참고 땀에 젖은 나나의 몸을 닦아주며 생각했다. 우리에게 왜 이런 고통이 왔을까. 우리가 뭘 그렇게 잘못한 것일까.

고요한 새벽, 수한은 병실 침대 위 선반을 열어보았다. 선반 구석에서 깊숙이 숨겨둔 검은색 약통을 꺼내 들었다. 나나가 수한에게 부탁해 구해둔 러시아산 수면제였다. 나나가 고통 때문에 몇 날 며칠 잠에 들지 못하면 간호사 몰래 반 알씩 건네주던 약이었다. 아무리 깊은 고통에도 반 알이면 잠들 수 있었다. 수한은 손바닥 가득 약을 쏟아내었다. 약들이 수한을 바라보고 말하는 듯했다. 끝나면 편해. 다 편해질 거야. 수한은 두 눈을 질끈 감고는 손을 입으로 가져갔다. 그때였다. 후드득. 손에 있던 약들이 바닥으로 떨어졌다. 누군가 수한의 옷소매를 끌어당긴 것이었다. 재이였다. 자다 깬 재이는 악몽을 꾸었다며 수한의 품에 파고들었다. 수한은 눈에 맺혀 있던 눈물이 떨어지지 않도록 애썼다. 그러고는 재이를 다시 재우고 바닥에 버려진 약들을 치웠다. 그날 수한은 다짐했다. 견뎌야 한다. 나나의 병이 나아지지 않더라도 버텨야 한다. 어떻게든 나아가야 한다. 재이를 위해서라도. 하지만 그 결심은 오래가지 못했다.

"오늘 재이 생일이야. 알고 있지?"

수한이 케이크 상자와 선물을 테이블 위에 내려놓으며 말했다. 등 돌린 채 누워 있던 나나는 돌아보지도 않고 가라는 듯 손을 허공에 내저었다. 무심한 손짓에 수한은 마음이 쓰렸지만, 번역 어플을 켜고는 애써 다정하게 말했다.

재이 생일이잖아. 일어나봐.

그제야 나나는 몸을 돌려 케이크를 쳐다보았다.
수한이 애써 미소를 지었지만 나나는 고통에 찌든
얼굴이었다.

"Я не хачу быць з табой."

"응? 재이는 어디 갔어?"

"Не ведаю, таму ідзі вон. Не паказвайся мне."

수한은 나나가 안 좋은 말들을 쏟아내고 있다는
것을 알 수 있었다. 수한이 나나를 달래듯 말했다.

"아픈 거 아는데, 오늘 같은 날엔 좋게 지내보자."

"сысці прэч. Я нават не хачу гэтага бачыць."

"나나, 제발… 너랑 싸우고 싶지 않아."

"Мне не патрэбны такі хлопец, як ты."

수한은 착잡한 표정으로 핸드폰을 보았다. 나나의
말들이 번역되어 남아 있었다.

너랑 있고 싶지 않아.
모르겠으니까 꺼져.
가버려. 꼴도 보기 싫으니까.
너 같은 거 필요 없어.

수한은 마음을 다잡으려 깊게 숨을 들이마셨다.

잃어버린 얼굴들

그 순간, 병실 안에 있던 메스꺼운 냄새가 수한의 코를 찔렀다. 수한은 입술을 깨물며 울렁거리는 걸 참으려 애썼다. 나나는 그런 수한의 모습을 보더니 눈살을 찌푸렸다.

"나도 힘들어. 겨우 버티고 있다고. 하지만 재이를 위해서라도 제발…."

수한이 나나의 손목을 잡으려 했지만, 나나는 수한의 손을 거칠게 뿌리쳤다. 퍽, 하는 소리와 함께 책상 위에 있던 케이크 상자가 바닥으로 떨어졌다. 엉망이 된 케이크를 본 수한은 해서는 안 될 말을 내뱉었다.

"지옥이다, 진짜. 이 병원 말고 네가 내 지옥이야."

나나는 짜증을 내기 시작했다. 나나의 끝없이 치받는 신경질에 수한은 진저리가 났다. 수한은 두 눈을 감고 속에 있는 말들을 총알처럼 쏟아냈다.

"너랑 같이 있고 싶지 않아. 나까지도 병드는 거 같아."

"…."

나나는 듣기 싫다는 듯 선물 상자를 수한에게 집어 던졌다. 수한이 반사적으로 몸을 피했는데, 그 바람에 상자가 선반 위 액자를 스쳤다. 액자가 바닥으로 떨어지며 날카로운 파편이 사방으로 튀었다.

"악!"

침대 밑에서 외마디 비명이 터졌다. 재이의 목소리였다. 놀란 수한은 급히 몸을 숙여 침대 밑을 살폈다. 재이가 엎드린 채 눈을 비비고 있었다. 하얀 뺨에도, 작은 손에도 새빨간 피가 번져 있었다. 수한은 재이를 끌어안고 침대 위로 들어 올렸다. 얼룩진 피 사이로 작은 유리 조각이 뺨에 박혀 있는 것이 보였다. 수한은 손톱으로 박힌 조각을 빼내려 했지만 조각은 쉽게 빠지지 않았다. 빼내려고 할수록 오히려 더 깊이 박혔다. 재이가 서러운 울음을 터트렸다. 나나도 놀라기는 마찬가지였다. 나나가 당황한 표정으로 뭐라고 말했지만, 수한은 그녀의 말을 들어주지 않았다. 답답해진 나나는 수한의 핸드폰을 낚아채 번역 어플을 다시 켰다. 자신의 말을 제발 들어달라는 듯 계속 핸드폰에 대고 뭐라 외쳤지만, 수한은 들어줄 정신이 없었다.

수한은 온몸이 땀으로 흠뻑 젖은 채 침대에서 벌떡 일어났다. 방금 그건 꿈이었나. 꿈이라기엔 나나의 얼굴이 너무 선명하게 떠올랐다. 병보다 깊은 증오가 서려 있던 그 얼굴. 나나가 본 자신의 얼굴은 어땠을까. 서로가 서로에게 지옥이었던 그날의 얼굴. 수한은 그제야 자기 안에 자기가 모르는 얼굴이 있다는 걸 알았다. 마주하기 싫어 지워버린 자신의 진짜 얼굴들. 수한은 자괴감에 자신의 얼굴을 마구 움켜쥐었다.

수한은 구형 스마트폰을 꺼내 번역 어플을 실행했다. 자신이 나나에게 했던 잔인한 말들이 화석처럼 고스란히 남아 있었다. 수한이 처음 번역 어플을 쓰라고 나나에게 권했을 때, 나나는 자신의 말이 어딘가에 남는 것이 싫다며 쓰기를 꺼려했었다. 그때는 그 마음을 이해하지 못했다. 하지만 지금은 알 것 같았다. 박제된 말들이 자신을 짓누르는 것처럼 무겁게 느껴졌다.

"네 말이 맞았어."

수한이 거실에서 서류를 정리하고 있는 지원에게 다가갔다. 지원은 들고 있던 서류를 잠시 내려놓고 수한을 쳐다보았다.

"다 끝났으면 좋겠다고 생각했어. 그래서 그런 말들을…."

수한은 금방이라도 무너질 것 같은 눈빛을 하고 있었다. 지원에게 그날의 기억에 대해 털어놓고 싶었지만 그러지 못했다. 자신의 바닥을 드러내고 싶지 않아서였다. 수한이 얼굴을 떨구자 지원은 위로하듯 말했다.

"그때는 오빠도 많이 힘들었잖아."

"힘들면 나나가 더 힘들었겠지."

"너무 자책하지 마. 다들 자기 아픔이 제일 크다고 느끼는 거니까. 오빠도 오빠 고통에 눌려서 다른 걸 볼 여유가 없었을 거야."

"그래도 가족이었잖아."

"…."

"내가 곁에 있어줬어야 했는데."

지원이 수한을 바라보았다. 수한의 입에서 '가족'이라는 단어가 이토록 따뜻하게 들린 건 오랜만이었다. 지원은 조심스레 입을 열었다.

"그럼 이제, 재이한테 그렇게 해주면 되겠네."

수한은 깊은 한숨을 내쉬었다.

"곧 재이 생일인 건 알지?"

"재이가 나한테 무슨 말을 했는지 알잖아. 만나주지도 않을 거야."

"그래서 내가 법원에 요청해놨어."

"무슨 요청?"

"법적으로 중요한 날인 만큼 한쪽에서 독차지하지 않고 서로 양분해서 재이와 시간을 쓰게 해달라고. 그래야 양육권 조정에도 공평할 것 같다고."

수한은 기대 섞인 표정으로 지원의 다음 말을 기다렸다.

"오전은 할머니랑 보낼 거고, 오후 시간부터는 오빠랑 같이 있을 거야."

잃어버린 얼굴들

수한의 두 눈에 눈물이 차올랐다.

“지원아, 고맙다. 정말 고마워.”

“그날 진짜 잘해야 돼. 생일 지나면 나도 도와줄 수 있는 게 별로 없으니까.”

수한은 천천히 고개를 끄덕였다.

지원과의 대화가 끝나고 수한은 안방이 아닌 지하실로 향했다. 리수한에게 확인하고 싶었다. 그날의 기억에 대해. 자신이 나나에게 했던 말들에 대해. 어쩌면 확인이 아니라 부정하는 말을 듣고 싶었는지도 모르겠다. 수한의 기억이 틀렸다고. 나나에게 그렇게 잔인한 말을 하지는 않았다고.

지하실은 깊은 어둠과 정적에 잠겨 있었다. 리수한은 여전히 바닥에 쓰러진 채 미동이 없었다. 수한은 지하실 구석에 있던 낡은 의자를 끌어다 리수한의 앞에 앉았다. 그리고 주머니를 뒤적거리더니 무언가 꺼냈다. 싱크칩이었다. 수한은 싱크칩을 귀밑에 붙이고는 두 눈을 감았다. 마치 고해성사를 하듯 그날의 기억을 입 밖으로 꺼내기 시작했다.

“나나는 죽어도 자기 몸에 칼을 대는 건 싫다고 했어. 나는 마취를 시켜서라도 나나를 수술실에 넣겠다고 결심했어. 의사가 3개월, 아니 3개월도 남지 않았다고 말했거든. 그렇게 수술날이 다가왔….”

수술날이었다. 비가 쏟아지는 바람에 수한은 수술

시간보다 늦게 병원에 도착했다. 허겁지겁 수술실로 뛰어갔다. 수술실 앞에는 수술이 무사히 끝나길 초조하게 기다리는 보호자들로 가득했다. 수한은 수술실의 환자 명단이 떠 있는 스크린 앞으로 다가갔다. 나나의 이름이 보이지 않았다. 수술이 벌써 끝난 건가. 그때 누군가 수한을 불렀다.

"수한 씨 맞으시죠. 나나 씨 보호자분."

간호사 상흔이었다.

"수술 잘 끝났나요? 어떻게 됐어요?"

"저… 나나 씨 수술 안 받았어요."

상흔은 나나가 수술을 완강하게 거부하는 바람에 수술을 진행시킬 수 없었다고 설명해주었다. 수한은 나나의 병실로 뛰어 올라갔다. 수술을 안 받겠다니. 어떻게 잡은 수술인데 정말 죽고 싶은 건가. 수한은 화가 치밀었다. 숨을 헐떡이며 병실 앞에 다다르자 나나의 웃음소리가 들려왔다.

"흐흐훗킥킥"

병실 앞에 선 수한은 순간 자신이 잘못 들었나 싶어 발걸음을 멈추고 병실 번호를 확인했다. 분명 나나의 병실이 맞았다. 흐흐훗킥킥. 병실 복도까지 나나의 웃음소리가 흘러나왔다. 수한이 떨리는 손으로 병실 문을 열었다. 나나의 침대는 비어 있었다. 수한은 소리가 나는 화장실 쪽으로 다가갔다. 화장실 문틈 사이로 정체를 알 수 없는 남자의 뒷모습이 보였다. 간호사 복장을 한 남자가 나나의 머리를 감겨주고 있었다. 나나는 상의를 벗은 채 남자의 허리춤을 끌어안고 있었고, 남자의 손은 나나의 머리를 부드럽게 마사지해주고 있었다. 끔찍하게도 둘은 친밀해 보였다. 남자가 장난스럽게 나나의 얼굴에 거품을 묻히자, 나나는 아이처럼 환하게 웃었다. 심지어 둘은 같은 언어를 썼다. 남자가 나나의 귀에 무언가 속삭이자, 나나는 남자의 품에 더 깊이 안겼다. 수한은 속이 울렁거렸다. 어지러워 중심을 잃은 발이 헛디디면서 소리가 났다. 그 소리에 남자가 고개를 돌려 문 쪽을 바라보았다. 남자는 마스크를 끼고 있었다. 마치 자신의 정체를 숨기려는 듯이. 수한과 눈이 마주친 남자는 현장에서 도주하는 범죄자처럼 단걸음에 화장실에서 뛰쳐나와 병실 밖으로 도망쳤다. 수한은 다리가 풀려 쫓아갈 수 없었다. 나나가 급하게 옷을 챙겨입으며 나왔다. 수한은 허탈한 목소리로 물었다.

"이 짓 하느라 수술 안 받은 거야?"

나나는 할말이 있는 듯 수한의 손에 들린 핸드폰을 가져가 번역 어플을 실행하려고 했다. 하지만 손을 심하게 떠는 바람에 핸드폰이 바닥에 떨어졌다. 나나가 다시 핸드폰을 집어 들었지만, 수한은 나나를 경멸하는 눈빛으로 바라보며 차갑게 말했다.

"변명할 생각은 하지 마. 다 봤으니까."

나나는 자기 말을 들어달라며 간절하게 손짓했지만, 수한은 분노에 가득 찬 목소리로 나나를 노려보며 말했다.

"받으라는 수술은 안 받고 진짜 죽고 싶어서 그래?"

Вы сапраўды хочаце памерці і не атрымаць аперацыю. якую прасілі?

수한의 말이 핸드폰에 번역되어 나나에게 전달되었다. 수한의 입에서 그동안 눌러왔던 말이 불쑥 새어 나왔다.

"그래, 그렇게 죽고 싶으면… 죽어버려."

Калі ты так хочаш памерці… памры.

나나는 온몸을 파르르 떨었지만 그 순간 수한은 분노로 가득해 아무것도 보이지 않았다. 나나는 그날 이후 급격히 병세가 악화됐고, 결국 그 해 겨울을 넘기지 못했다.

"…내가 그런 말을 했었네. 내가 정말 죽어버리라

고 했어….”

리수한의 앞에서 그날의 기억을 천천히 더듬던 수한은 덧난 상처가 다시 찢어지는 듯한 통증에 가슴을 마구 문질렀다. 하지만 통증은 좀처럼 가라앉지 않았다. 싱크칩 때문일까, 그날의 기억이 마치 어제 일처럼 생생하게 되살아났다.

*

수한이 곧 러시아로 발령 날 거라는 소문이 회사에 돌았다.

“관리팀이죠. 화분 좀 버려주시겠어요.”

수한은 관리팀에 전화를 걸었다. 팀장실 한편에 놓인 몬스테라의 나뭇잎 여기저기에 검은 반점들이 암세포처럼 번져 있었다. 잠시 후 팀장실로 찾아온 관리팀 직원은 이리저리 살펴보더니, 뿌리가 꽉 들어차 썩기 시작한 거라며 썩은 부분을 잘라내고 분갈이를 해주면 살아날 거라고 말했다. 아직 죽은 게 아닌가. 살릴 수 있다는 말에 수한은 화분을 그대로 두기로 했다.

새로운 곳으로 옮겨 가면 나도 다시 시작할 수 있을까. 수한은 몬스테라를 바라보며 지금까지와는 다른 삶을 꿈꿀 수 있으리라는 희미한 기대를 붙잡았다. 그러나 그 기대는 오래가지 못했다.

콧노래를 흥얼이며 들어온 왕 부장은 면접 날짜가 이번 주 금요일 오후 2시로 잡혔다고, 축하한다는 말까지 덧붙였다. 순간 수한은 얼어붙었다. 금요일은 재이의 생일이었다.

"그날은 안 돼요."

"비서가 미리 다 확인했다는데 뭔 소리야."

"제가 바꿔볼게요. 금요일은 절대 안 돼요."

수한은 인터뷰 날짜를 변경하려 갖은 애를 썼다. 하지만 마치 작정이라도 한 것처럼 상황은 수한의 예상과는 반대로 흘러갔다. 한 임원의 일정에 맞춰 날짜를 바꿔보려 하면 다른 사람과의 일정이 꼬이는 식이었다. 더군다나 임원 회의에 난입한 사건으로 이미 한차례 눈도장이 찍힌 수한에게 대놓고 볼멘소리를 하는 사람들도 있었다. 인터뷰 날짜를 바꾸기는 불가능했다. 이렇게 재이를 포기해야 하는 걸까. 다시 혼자가 되는 건가. 원치 않은 상상들이 수한의 마음을 들쑤셨다.

이곳저곳을 돌아다니며 혼자만의 실랑이를 벌이던 수한은 무기력하게 팀장실로 돌아왔다. 책상 위에 놓여 있는 몬스테라 화분을 잡아 들고는 그대로 쓰레기통에 던져버렸다. 그러고는 바닥에 주저앉아 몸을 떨더니 느닷없이 웃기 시작했다.

잃어버린 얼굴들

“하하하하… 하하하하!”

수한은 가족사진을 바라보며 실성한 듯 계속 웃어댔다. 웃음이 터질 때마다 수한의 마음 깊숙이 수납되어 있던 감정들이 터져 나오는 것 같았다.

집에서 양육권 자료를 검토하던 지원은 한숨을 내쉬며 노트북을 덮었다. 수한에게는 미처 말하지 못했지만, 수한이 법인장이 된다고 해도 양육 점수가 70점에 미치지 못했다. 재이가 아빠와 살고 싶다는 강력한 의사를 보이지 않으면 양육권을 잃을 가능성이 높았다. 마땅한 해결책이 떠오르지 않아 골머리를 앓고 있던 그때, 현관문 벨이 울렸다.

인터폰 화면으로 한 남자가 보였다. 추 형사였다. 지원은 아무도 없는 척 가만있었다. 그때 쿠구궁, 지하실에서 이상한 충격음이 들려왔다. 문밖에서도 소리가 들렸는지, 추 형사가 차고 쪽을 쳐다봤다. 차고는 지하실과 연결되어 있었다. 차고에 있는 리수한을 들키는 것보다는 문을 열어주는 것이 낫다고 판단한 지원은 서둘러 현관문을 열었다.

“누구세요?”

“경찰서에서 나왔습니다.”

경찰이라는 말에 지원은 당황했지만 침착하게 행동했다.

“경찰서에서 무슨 일로.”

“집에 이수한 씨 계십니까?”

“없는데요. 무슨 일로 오셨냐니까요?”

“뭐 좀 여쭤보려고 왔습니다. 나나 씨 관련해서요.”

“새언니에 대해서요? 왜요?”

“실례지만 이수한 씨와 관계가 어떻게 되십니까.”

“동생인데요.”

추 형사가 집 안을 들여다보며 물었다.

“잠깐 집을 둘러봐도 될까요.”

“집주인 지금 없다니깐요.”

추 형사는 잠시 둘러보는 정도라며 최대한 협조하는 것이 좋다고 말했지만, 이런 형사들을 자주 봐왔던 지원은 호락호락하지 않았다. 지원이 팔짱을 끼며 경계하는 눈빛으로 말했다.

“그렇게 둘러보고 싶으시면 영장 들고 다시 오시든가요.”

지원이 더 이상 시간을 뺏기고 싶지 않다며 문을 닫고 들어가려는 순간, 또다시 차고 쪽에서 소음이 들려왔다. 쿠구궁. 소리가 나는 쪽을 보며 추 형사가 물었다.

“안에 누가 있습니까?”

지원은 침을 삼키며 어색하게 웃어 보였다.

*

수한은 술에 취해 비틀거리며 집에 들어왔다. 지원이 인상을 쓰며 말했다.

“전화를 왜 이렇게 안 받아.”

“미안.”

넥타이를 벗으려는 수한의 손이 헛돌자 지원이 대신 넥타이를 풀어주며 물었다.

“술은 왜 마셨대. 회사에서 무슨 일 있었어?”

지원은 걱정스러운 얼굴로 재이 문제인지 물었지만, 수한은 무엇이든 좋으니 딴 얘기가 하고 싶었다.

“전화는 왜 했는데.”

“형사가 찾아왔었어.”

그 말에 수한의 정신이 번쩍 들었다.

“형사라니? 리수한 때문에?”

“아니. 새언니 때문에 뭐 좀 묻고 싶다고.”

나나? 갑자기 왜 나나에 대해서 묻는다는 말인가. 수한은 의아하다는 말투로 물었다.

“형사가? 왜?”

“새언니가 죽은 날, 오빠 병원에 있었냐고 묻던데?”

“난 그때 없었잖아. 근데 이제 와서 그걸 왜 묻는데?”

“모르겠어. 보험금 때문에 보험사에서 조사 요청이 들어왔을 수도 있고.”

“보험사에서?”

“확실한 건 아냐. 크게 신경 쓰지 마. 이것저것 묻길래 지금 법적 분쟁 중이라 당장 협조는 어렵다고 잘 둘러댔어. 필요하면 다시 찾아오겠지.”

수한은 지원의 말대로 형사의 방문을 심각하게 받아들이지 않으려 애썼다. 안 그래도 법인장 인터뷰와 재이 생일 문제로 머리가 복잡했다. 수한은 뜨거워진 이마를 짚으며 중얼거렸다.

“재이 생일날이랑 망할 법인장 인터뷰가 겹쳤어.”

지원이 난감한 표정으로 말했다.

“법원 결정은 번복하기 힘들어. 인터뷰 날짜를 바꿀 순 없어?”

수한은 고개를 절레절레 저으며 깊은 한숨을 내쉬었다. 지원도 미간을 찌푸리며 말했다.

“내가 그날 중요한 날이라고 했지.”

“알아, 나도 안다고.”

“아는 사람이 그래? 지금 안 그래도 불리한 상황인데 어쩌려는 거야?”

“내가 날짜를 정한 것도 아니잖아. 뭘 어떻게 할 수 있는….”

답답하기는 수한도 마찬가지였다. 그러다 문득 수

한이 상기된 목소리로 말했다.

"맞아… 리수한이 있었지."

지원은 혀를 차며 말했다.

"저 지경을 만들어놓고 이제 와서 도와달라고 부탁하게? 리수한이 참도 도와주겠다."

"방법이 없잖아."

"뭐든 대책을 세울 생각을 해야지, 왜 자꾸 리수한을 찾아. 쟤가 은행에서 벌인 짓 벌써 다 잊었어?"

수한은 머리를 헝클어트리며 말했다.

"저 자식 위험한 거 알아. 근데 솔직히… 면접도 잘 볼 거 같아서 하는 말이야."

"얼씨구?"

지원이 기가 차다는 표정을 지으며 단호하게 말했다.

"정신 차려, 이수한."

수한은 한숨을 푹 내쉬었다.

"이 세상에 이수한으로 존재할 수 있는 건 너뿐이야. 재이한테 아빠로 존재할 수 있는 사람도, 회사에서 인정받을 수 있는 사람도 오빠 너 하나라고."

"나도 알아. 근데 지금 상황이 혼자서는 감당이 안 되니까 그러지."

"오빠 인생인데 오빠가 아니면 누가 감당해?"

"…."

"그리고 오빠한테 진짜 재이 대신 재이 복제인간

을 주면서 '얘랑 잘 살아보세요' 하면 어떨 거 같아?"

"…그건 말이 안 되지."

재이가 재이로서 존재해야 하는 유일한 사람이듯, 재이에게 아빠로서 존재할 수 있는 사람 역시 자신뿐이었다. 상황을 피하고 싶어도, 스스로가 못 미더워도, 나를 구할 수 있는 건 리수한이 아니다. 이수한 나뿐이지. 그때 쿠쿠궁! 지하실에서 또다시 굉음이 들려왔다. 지원은 움찔하면서도 이내 침착한 목소리로 말했다.

"아무래도 깨어난 거 같아. 아까도 저러더라고."

수한과 지원은 손전등 불빛에 의지해 지하실 벽면을 더듬거리며 내려왔다.

"리수한?"

리수한이 있어야 할 자리에는 케이블 타이만 덜렁 놓여 있었다. 수한이 손전등으로 지하실을 이리저리 비춰보았지만 리수한은 없었다. 그때 지원이 바닥에 떨어진 작은 핏방울들을 발견했다. 점점이 떨어진 핏방울들이 문 쪽으로 이어져 있었다.

"설마 도망간 거야?"

지하실과 연결된 차고지 문이 반쯤 열려 있었다. 열린 문을 본 수한은 멀리 못 갔을 거라며 어서 찾아보자고 지원을 재촉했다.

두 사람이 서둘러 현관문을 나서려 할 때였다. 거

실 창문 너머로 웬 덩치 큰 남자가 수한의 집으로 다가오는 모습이 보였다. 수한은 흐린 눈을 비비며 남자를 쳐다보았다. 리수한은 아니었다. 남자는 성큼성큼 걸어오더니 어느새 수한의 집 현관문 바로 앞까지 다가왔다. 남자를 발견한 지원이 뒷걸음질 치며 말했다.

“아씨, 왜 또 왔대.”

“아는 사람이야? 누군데?”

“저 사람이야, 내가 아까 말했던 형사.”

형사라는 말에 수한의 눈이 커졌다. 수한이 불안한 표정으로 지원을 쳐다보며 말했다.

“지하실에 핏자국이 남아 있을 텐데, 어떡하지.”

“거긴 내가 치울 테니까 시간 좀 벌고 있어.”

지원이 지하실 계단 쪽으로 사라지려는 찰나, 초인종 소리와 함께 쾅쾅쾅 현관문 두드리는 소리가 들려왔다. 수한은 서둘러 현관문 쪽으로 달려갔다.

“누구시죠?”

수한은 문을 반쯤 열고 경계하는 눈빛으로 추 형사를 쳐다봤다.

“동생분이 말씀 안 하시던가요? 아까 아내분 사건 때문에 찾아왔었는데.”

“아, 들었습니다. 제가 지금 법적 문제 때문에… 근데 잠시만요, 사건이라뇨?”

수한이 되묻자 추 형사는 반응을 살피려는 듯 수한을 뚫어져라 쳐다보며 말했다.

"아내분이 살해된 정황을 발견했습니다."

순간 수한은 속이 울렁거렸다. 술 때문인지 정체 모를 냄새가 수한의 코끝에 스쳤다. 병원 냄새였다. 수한은 코와 입을 막았지만 메스꺼운 무언가가 식도를 들락날락거리더니 입 밖으로 쏟아져 나왔다.

"욱, 으웨엑!"

추 형사가 미간을 찌푸린 채 뒷걸음질 쳤다. 수한은 허리를 숙인 채 계속 헛구역질을 해댔다.

6장 아내를 죽인 사람

6장 아내를 죽인 사람

아내가 살해당했다니… 누구한테? 왜? 추 형사가 뭐든 생각나는 대로 말해달라 했지만 수한은 쉽게 말을 꺼낼 수 없었다. 아내와의 불화를 솔직하게 얘기해도 될지, 아내의 불륜에 대해 어디까지 얘기해야 좋을지, 최근에 보험금을 옮기려고 했던 것을 추 형사가 알고 있을지 머릿속이 뒤엉킨 수한은 긴 침묵 끝에 입을 열었다.

"일단… 저는 아닙니다."

맙소사. 지원이 미간을 찌푸렸다. 대부분의 살인 사건에서 범인들이 내놓는 수상한 대답을 수한이 해버린 것이다. 추 형사는 의심을 넘어서 황당하다는 표정으로 말했다.

"아내분이 살해당했다는데 자기 변론부터 하는 게… 참 특이하시네요."

아내를 죽인 사람

지원이 수한을 변호하듯 말을 덧붙였다.

"새언니가 죽었을 때 오빠가 병원에 없었거든요. 임종을 못 지켰다는 게 트라우마처럼 남아 있어요. 그런 사람한테 갑자기 살해니 뭐니 하는 끔찍한 얘기를 하면 그 속이 어떻겠어요?"

"아내분이 위독한데 왜 병상을 지키지 않으셨나요?"

"누군가는 병원비를 벌어야 하니깐요."

"병원 기록에 따르면 아내분이 수술을 안 받으셨던데, 이유가 뭔가요?"

"…."

수한이 더 입을 열지 않자 추 형사는 집 안을 둘러보고 싶다며 일어섰다. 아직 속이 좋지 않다는 수한 대신 지원을 따라 추 형사는 집 안 곳곳을 살폈다. 안방, 서재, 재이 방, 그리고 지하실까지. 추 형사가 지하실을 둘러볼 때, 지원은 벽에 기대어 태연한 척했지만 사실 모든 신경이 추 형사를 향해 있었다. 추 형사가 안경을 고쳐 쓰며 지하실 기둥 쪽으로 다가가자, 지원은 마른침을 삼켰다. 리수한이 묶여 있던 곳이었다. 추 형사는 기둥 뒤쪽 벽면을 가리키더니 물었다.

"이게 뭡니까?"

핏자국이었다. 추 형사가 가리킨 곳에는 리수한의 핏방울이 벽면에 튀어 있었다. 지원은 아차 싶었다.

바닥의 핏자국들은 말끔히 지웠는데 벽면을 미처 닦지 못했다. 지원이 뭐라고 둘러대야 할지 몰라 눈만 깜빡이고 있을 때, 뒤쪽에서 낯익은 목소리가 들려왔다.

"제 피입니다."

언제 내려왔는지 수한이 지하실 문 앞에 서 있었다. 추 형사는 의심스럽다는 듯 되물었다.

"이수한 씨 피라고요?"

"네. 여기서 목공 작업을 종종 하는데 자주 다칩니다. 작업 중에 손이 베어서 튄 핏자국 같은데요."

추 형사는 재킷 안주머니에서 은색 키트를 꺼내 들며 말했다.

"그 말이 맞다면 수한 씨 DNA가 나오겠죠?"

추 형사가 키트에서 면봉을 꺼냈다. 핏자국 위로 조심스레 문지르자, 하얀 솜 끝이 붉게 물들었다. 지원은 그 장비를 바로 알아봤다. 다른 재판에서 본 적 있는 휴대용 DNA 분석 키트였다. 지원과 수한은 초조한 눈빛으로 키트를 바라봤다. 이론대로라면 복제인간과 오리지널의 유전자 염기 서열이 같아야 했지만, 실제 검사 결과가 어떻게 나올지는 미지수였다. 추 형사가 면봉을 키트 안쪽으로 찔러 넣자, 전자음과 함께 감식을 시작한다는 음성이 흘러나왔다.

세 사람이 거실로 자리를 옮긴 뒤에도 수한은 계

속 키트를 곁눈질로 쳐다보았다. 추 형사는 나나가 죽은 당일에 수한이 어디 있었는지 물어보았다.

"회사에 있었습니다. 오후 세 시쯤 병원으로부터 부고 전화를 받았고 바로 병원으로 갔습니다. 도착한 건 아마 네 시 조금 넘어서였을 겁니다."

수한은 그날 일을 꽤 정확하게 기억하고 있었다.

"병원은 자주 가셨습니까?"

"일주일에 두세 번 정도요. 자주 가려고 노력했습니다."

"간병인들 말로는 병실에 들어가지 않고 복도에만 있다가 가신 적도 많다고 들었는데, 왜 그러셨나요?"

쉽게 대답이 나오지 않았다. 그때 삐빅, 하고 키트에서 분석 종료를 알리는 기계음이 울렸다. 세 사람의 시선이 거의 동시에 키트로 향했다. 추 형사가 키트를 열어 분석 결과를 확인했다.

"이수한 씨 DNA가 맞네요."

수한이 자신도 모르게 안도의 한숨을 내쉬었다. 추 형사는 결과를 확인하고도 말없이 화면을 바라보며 잠시 뜸을 들이다가 물었다.

"복제인간 피는 아니겠죠?"

수한의 손끝이 떨렸다. 추 형사는 수한이 뭐라도 자백하길 기다리는 듯 그를 빤히 바라보며 복제인간에 대한 이야기를 이어갔다.

"요즘엔 그런 케이스가 더러 있거든요. 오리지널을 죽이고 자신이 오리지널인 척 행세를 하는 복제 인간들 말입니다."

수한은 최대한 침착하려 애썼지만, 흔들리는 눈동자까지 어떻게 할 수는 없었다. 점점 심하게 흔들리는 수한의 눈빛을 본 지원이 벌떡 일어나 추 형사에게 따지듯 물었다.

"그게 우리 오빠랑 무슨 상관인데요! 그리고 아까부터 자꾸 살인, 살인 하시는데 언니가 살해당했다는 증거라도 있나요? 병원에선 아무 말 없었는데요."

지원의 날카로운 반응에 추 형사는 천천히 고개를 끄덕이며 말했다.

"살해 도구를 발견했습니다."

수한은 순간 머릿속에 한기가 스며들면서 온몸이 얼어붙은 듯 저릿저릿했다.

"…살해 도구요?"

수한이 반사적으로 되물었다. 아내를 죽음에 이르게 한 것이 도대체 무엇인지 궁금했다. 그러나 동시에 알고 싶지 않기도 했다. 그걸 알게 되면 아내의 죽음에 대해 더 큰 부채를 느낄 것만 같았다.

아내를 죽인 사람

“아무것도 없는 거 같은데요.”

지금으로부터 세 시간 전, 추 형사는 막내 형사와 함께 나나가 입원해 있던 병실의 CCTV 영상을 들여다보고 있었다. 소율에게 외국인 보험 가입 문제를 묻지 않겠다는 조건으로 받은 영상이었다.

“수상해 보이는 사람이 없다니까요.”

벌게진 두 눈을 비비며 투덜대는 막내의 말에도 추 형사는 여전히 화면에서 눈을 떼지 않았다.

“범인이 ‘나 범인입니다’ 하고 칼 들고 다니는 거 봤어?”

“아니, 진짜 다 병원 사람들뿐이에요.”

병실 내부에는 프라이버시 문제로 CCTV가 없었지만, 복도 쪽에서 촬영된 화면을 통해 204호 병실에 드나든 사람들을 확인할 수 있었다. 나나가 사망하기 전, 병실에 출입한 사람은 의료진뿐이었다. 수한은 나나가 죽은 뒤에야 병실에 뛰어 들어갔다. 추 형사는 천에 덮여 병실 밖으로 옮겨지는 나나의 시신을 유심히 살펴보다 말했다.

“잠깐만, 여기 확대해봐”

막내 형사가 영상을 멈춰 화면을 키우자, 천 밖으로 삐져나온 나나의 발이 보였다. 발톱이 검게 물들어 있었다.

"이거 보여?"

"페디큐어 아녜요? 아파서 죽어가던 사람이 페디큐어라니, 이상하네요."

추 형사의 눈빛이 날카로워졌다.

"제타딘이야."

추 형사는 박 의원 사건을 떠올렸다. 제타딘은 박 의원이 중독되었던 마약이자, 박 의원을 죽게 만든 약물이었다. 강력한 마취성 진통제인 제타딘은 암 환자같이 통증이 심한 환자들에게 소량으로 쓰이는 약물이었는데, 치사량 이상 투입되면 발톱 아래 혈관이 터지면서 발톱이 새까맣게 변했다. 죽은 박 의원의 발톱도 나나의 발톱처럼 거멓게 변해 있었다.

추 형사는 그 길로 병원으로 향했다. 204호는 텅 비어 있었다. 범인이 어떻게 이곳에 들어왔지. 순간 서늘한 바람이 추 형사의 귓가에 스쳤다. 고개를 돌리니 커다란 창문이 열려 있었다. 추 형사는 창문 앞으로 다가섰다. 창밖으로 몸을 기울여보니 커다란 나무 한 그루가 병실 벽을 따라 가지를 뻗고 있었다. CCTV에 잡히지 않고 병실에 드나들 수 있는 루트로 충분해 보였다.

추 형사는 병동 빌딩 밖에서 나무를 타고 올라가 보기로 했다. 나무줄기 사이로 발을 걸어 올라섰다.

아내를 죽인 사람

그러고는 한 걸음씩 천천히 올라가기 시작했다. 손끝이 곧 204호 창문턱에 닿을 듯했다. 한 발자국 더 내딛는 순간, 미끄러지며 쿵 소리와 함께 흙바닥으로 세차게 떨어졌다.

“아, 엉덩이야.”

아픈 것도 잠시, 추 형사의 손에 딱딱한 무언가가 닿았다. 주사기였다. 바늘이 휘어져 있었고, 오랫동안 그곳에 묻혀 있었는지 주사기 안팎으로 흙과 먼지가 두껍게 엉겨 붙어 있었다.

*

“감식 결과, 주사기에서 제타딘이 검출되었습니다.”

추 형사가 태블릿을 수한 쪽으로 밀며 말했다. 화면에 CCTV 영상 속 나나의 발이 캡처되어 있었다. 거멓게 변한 발톱이 선명하게 보였다. 수한은 고개를 떨궜다. 지원이 눈살을 찌푸리며 물었다.

“누군가 주사기로 새언니를 죽이고 창문으로 도주했다는 거예요? 누가 그런 짓을….”

추 형사의 시선이 수한에게 옮겨갔다.

“혹시 의심 가는 사람이 있습니까?”

수한은 아무도 떠오르지 않았다.

“…모르겠습니다.”

"평소 나나 씨에게 원한을 가진 사람은 없었나요?"

"그것도… 잘 모르겠습니다."

"정말 모르시는 건지, 모르는 척하시는 건지."

수한은 망설이다 어렵게 입을 열었다.

"사실… 아내와 사이가 좋지 않았습니다. 마주치면 싸우기 일쑤여서 죽기 몇 달 전부터는 병실에도 잘 안 갔어요. 남편으로서 이런 말씀 드리긴 부끄럽지만… 아내가 누구와 친했는지, 누구와 원한 관계였는지 전혀 아는 게 없습니다."

그때 지원이 무언가 떠올랐다는 듯 수한의 어깨를 치며 말했다.

"오빠, 그 사람 있잖아."

"응?"

"수술날 봤다는 그 간호사."

"아, 그 남자…."

수한이 말하길 주저하자 지원이 말을 대신 이어갔다.

"새언니랑 의심스런 사이의 간호사가 한 명 있었어요."

"의심스러운 사이라면 외도 관계를 말씀하시는 건가요?"

"네, 오빠가 직접 봤어요."

추 형사가 간호사의 이름을 묻자 수한은 모른다며 고개를 저었다.

“생각나시는 인상착의나 특징이 있을까요.”

“마스크를 쓰고 있어서 얼굴을 제대로 못 봤어요.”

지원이 뭐라도 떠올려보라고 채근하자 수한은 머리를 쓸어 넘기며 말했다.

“남자가 바로 달아나서 얼굴을 거의 못 봤어. 상흔 씨라면 알 수도 있으려나.”

추 형사도 아는 이름이 나오자 눈썹 끝이 씰룩였다. 지원은 새언니의 담당 간호사였다며 설명하듯 덧붙였다. 수한은 남자의 얼굴을 떠올리는 것에 실패했는지, 기억나는 것이 있으면 나중에 연락드리겠다고 얼버무렸다. 지원이 떨리는 목소리로 물었다.

“그 남자 간호사가 새언니를 죽였을 수도 있나요?”

“아직은 모르죠. 하지만 간호사라면 제타딘을 손에 넣기도 훨씬 쉬웠을 겁니다.”

수한이 눈살을 찌푸리며 주먹을 꽉 쥐었다. 추 형사는 수한을 잠시 관찰하듯 쳐다보더니 물었다.

“아내분께서 고액의 생명보험에 가입하셨던 걸 알고 계셨습니까.”

지원이 대신 대답했다.

“오빠는 몰랐어요. 새언니가 죽고 나서야 알았어요.”

추 형사가 수한을 쳐다보며 다시 물었다.

“그전에는 전혀 모르셨다는 거죠?”

“네.”

수한의 말은 나나가 보험을 가입할 때 남편과 함께 있었다는 소율의 증언과 대치됐다. 누군가는 거짓말을 하고 있었다.

추 형사가 떠나고 수한은 남자 간호사의 얼굴을 떠올리기 위해 애썼다. 하지만 그럴수록 생각나는 것은 나나의 머릿결을 어루만지던 남자의 손길뿐이었다. 수한이 짜증 난다는 표정을 짓자, 지원이 종이와 펜을 수한에게 건네며 말했다.

“남자의 얼굴에 집중해. 하나씩 떠오르는 대로 그리는 거야.”

수한은 눈을 감고 그날을 떠올렸다. 화장실 문틈 사이로 한 남자와 나나의 모습이 보였다. 불쾌했던 감정은 잠깐 접고, 그의 얼굴에 집중했다. 수한은 기억 속 남자의 얼굴 가까이로 다가갔다. 한 발자국 가까이, 더 가까이.

남자와 수한의 눈이 마주쳤다. 그 순간 남자는 병실 밖으로 쏜살같이 도망쳤다. 나나가 넋이 나가 있는 수한에게 다가왔다. 당황해서 어쩔 줄 모르는 얼굴을 하고 말이다. 애원하듯 고개를 내젓는 나나에게 수한은 분노하며 나나의 얼굴에 침을 뱉듯 말했다. “죽고 싶으면 죽어.” 금방이라도 울음을 터트릴 것만 같은 나나의 얼굴이 점차 선명해졌다.

수한은 눈을 떴다. 왜 그런 말들을 했을까. 그날을 떠올릴수록 기억나는 건 남자의 얼굴이 아닌 자신의 못난 말들이었다. 할 수만 있다면 모두 기억 속에서 지우고 싶었다. 수한이 그린 남자의 얼굴을 본 지원은 고개를 갸웃거렸다.

"은근 낯이 익는데?"

수한은 보기 싫은 듯 종이를 구기며 말했다.

"그만두자. 정확하게 기억나지도 않아."

"그래도 단서가 될지 모르잖아."

지원은 구겨진 종이를 조심스레 펼친 뒤, 수한이 그린 몽타주를 휴대폰으로 찍어 추 형사에게 보냈다.

"리수한은 이 남자를 제대로 기억하려나."

수한이 옅은 한숨을 내뱉으며 말했다.

"리수한은 아예 그날의 기억이 없는 거 같던데."

"왜?"

"그건 잘 모르겠어. 나나가 일부러 지워버린 거 같기도 하고."

"그런데 리수한은 안 찾을 거야? 어디 가서 허튼짓이라도 하면 어쩌려고."

"찾아야지."

말은 그렇게 했지만 수한은 어디에서부터 어떻게 리수한을 찾아야 할지 감도 잡히지 않았다. 수한은 머리를 감싸 쥐었다. 그의 부재가 자신을 압박할 줄이야. 리수한이 아니라 내가 사라졌으면 어땠을까. 수한은 이 모든 상황으로부터 도망치고 싶었다. 아무도 보지 않은 서랍 속에 숨듯 스스로를 수납시키고 싶었다.

수한의 집에서 나온 추 형사는 그 길로 병호병원을 찾았다. 수한이 말한 남자 간호사를 확인하기 위해서였다. 수한의 증언을 전적으로 믿지는 않았지만, 지금으로선 그 간호사가 유력한 용의자처럼 보였다.

하지만 몽타주를 본 인사과 직원은 처음 보는 얼굴이라며 고개를 저었다. 나나가 입원해 있던 암병동에서도 마찬가지였다. 하나같이 그런 사람은 본 적이 없다고 했다. 수한의 기억만을 토대로 그린 몽타주이긴 했지만, 비슷하게 생긴 사람조차 떠올리는 이가 없었다. 단서를 찾지 못한 채 지쳐가던 추 형사에게 전화가 걸려왔다. 서에 있던 막내 형사로부터 온 전화였다.

"CCTV 영상 다시 다 뒤져봤는데, 그렇게 생긴 남자 간호사는 없었어요."

"닮은 사람도 없어?"

"네. 사망하기 일주일 전부터 싹 봤는데 없어요."

추 형사의 미간이 좁혀졌다. 막내 형사가 의심스

럽다는 목소리로 물었다.

"혹시 남편이 거짓말한 거 아닐까요?"

추 형사는 남자 간호사 얘기를 꺼내던 수한의 얼굴을 떠올렸다. 거짓말을 하는 느낌은 아니었다. 추 형사는 자기가 더 찾아보겠다며 전화를 끊었다. 이내 불길한 예감이 밀려왔다. 이대로 범인을 찾지 못할 것만 같았다. 허탈한 숨을 내쉬며 휴대폰을 주머니에 집어넣으려는데, 손끝에 종이 조각 하나가 걸렸다. 상흔의 전화번호가 적힌 쪽지였다.

*

오지 않을 것 같았던 금요일, 재이의 생일이 밝았다. 수한은 법원이 지정해준 장소인 면접교섭센터에 일찍부터 나와 재이를 기다리고 있었다. 재이에게 무슨 말부터 해야 할까. 나나의 죽음에 대해선 어디서부터 설명해야 할까, 아직도 자신을 오해하고 있을까. 정리되지 않는 걱정들로 멀미가 날 것 같았다. 수한은 스스로를 달래듯 심호흡을 크게 내쉬며 중얼거렸다.

"괜찮아, 차분하게 하나씩 말해보자."

하지만 약속 시간이 한참을 지나도록 재이는 나타나지 않았다. 혹시 길이 엇갈렸나 싶어 센터 안팎을 뒤지며 재이를 찾아 헤맸지만 어디에도 보이지 않았다. 재이의 SNS에 메시지를 보내도 답이 없었다. 그렇게 세 시간이 흘렀다. 어느 순간부터는 재이가 오지 않을 거란 예감이 들었지만, 수한은 그 자리를 떠날 수 없었다. 그저 기다리는 것 말고는 할 수 있는 것이 없었다. 이렇게 영영 재이를 보지 못하는 건 아닐까 하는 생각에 눈시울이 뜨겁게 차올랐다.

그 무렵, 지원은 동네를 돌며 리수한의 행방을 찾아다녔다. 골목골목을 뒤지며 큰 가게들은 물론 작은 상점까지 죄다 들렀지만, 리수한을 본 사람은 아무도 없었다.

"도대체 어딜 간 거야."

하루 종일 동네를 헤맨 지원은 지칠대로 지쳐 있었다. 포기한 듯 소파에 몸을 기댄 순간, 현관문이 열렸다. 수한이었다.

"왔어?"

수한은 나갈 때와 달리 넥타이에 정장 차림이었다.

"뭐야? 회사 갔다 왔어?"

"법인장 인터뷰 날이랬잖아."

"재이 보러 간 거 아녔어?"

수한은 잠시 머뭇거리더니 대답했다.

"재이 만나고 면접도 보고 온 거야."

“그렇게 해도 되는 거였어? 그러면 왜 그렇게 고민했대.”

“그러게.”

수한의 시선이 테이블 위에 놓인 남자 간호사의 몽타주에 꽂혔다. 수한은 종이를 돌려 몽타주 속 남자를 물끄러미 보더니 물었다.

“이 사람 찾았대?”

“몰라, 찾으면 연락 주겠지. 지금으로선 유일한 용의자니까 기다려봐야지.”

“용의자…. 지원아, 나 핸드폰이 고장 나서 그런데 폰 좀.”

수한은 지원의 폰을 받아 어디론가 전화를 걸었다.

“네, 추 형사님. 통화 괜찮으시죠? 다른 게 아니라 그 남자 간호사는 찾으셨나요?”

수화기 너머로 추 형사의 목소리가 들렸다. 인상착의가 확실하지 않아 병원 사람들에게 일일이 수소문하는 중이라는 답변이었다.

“그 사람은 안 찾아주셔도 될 거 같아요.”

지원이 황당한 표정으로 수한을 쳐다봤다.

“다시 생각해보니 제 기억이 잘못된 거 같더라고요.”

수한은 자신 때문에 시간 낭비를 하게 해 죄송하다며 전화를 끊었다. 통화를 마친 수한에게 지원이 따지듯 물었다.

"기억이 잘못됐다고? 정말이야?"

수한은 고개를 끄덕이며 말했다.

"나나가 수술 안 하겠다고 한 날이잖아. 내가 정신이 없어서 헷갈렸나 봐. 아니면 불안함이 만든 망상이었든가."

수한은 피곤한 듯 소파에 털썩 주저앉았다. 답답한 듯 넥타이를 잡아당겼지만 매듭이 쉽게 풀리지 않았다. 수한이 짜증 섞인 한숨을 푹 내쉬자, 지원이 다가가 넥타이 푸는 걸 도와주었다. 수한은 두 눈을 감고 고개를 숙였다.

"고마워. 오늘 인터뷰에, 재이 생일까지 너무 힘드네."

넥타이를 풀던 지원은 문득 손을 멈췄다. 시선이 천천히 수한의 목덜미로 향했다. 오빠 목에 흉터가 있는데… 있어야 할 흉터가 없었다. 지원이 떨리는 목소리로 뒷걸음질 치며 말했다.

"피, 피곤할 텐데, 좀 쉬어."

순간, 수한이 지원의 손목을 휙 잡아 끌어당겼다.

"눈치챘구나?"

"어? 뭐, 뭐가….."

"내가 리수한인 거."

리수한은 음흉하게 웃더니 정장 주머니에 숨긴 전

아내를 죽인 사람

기 충격기를 꺼내 들었다. 살을 베는 듯한 스파크가 지원의 눈앞에서 날카롭게 튀었다.

*

재이는 결국 센터에 가지 않았다. 이런저런 고민 끝에 그런 생각에 다다랐다. 아빠를 만나고 싶지 않다는 생각에 말이다. 이제 리벨라우스로 떠나면 다시는 아빠를 볼 수 없으니 생일날만큼은 아빠를 만나고 오라는 할머니의 성화에 못 이겨 숙소를 나섰지만, 아빠를 보고 싶지 않은 마음이 컸다.

재이는 센터가 아닌 길 건너 놀이터로 향했다. 그네에 앉아 좋아하는 노래를 흥얼거렸지만 시간이 더디게 흘렀다. 재이는 뺨의 흉터가 시린 듯 긁적거렸다. 병원 침대 밑에 숨어 있던 날, 깨진 유리 조각이 박혀 생긴 상처였다. 할머니도 아빠도 다 나았다고 했지만, 이따금 그 조각이 안에 박혀 있는 것처럼 느껴졌다.

"우리 아들, 잘했어."

놀이터 한편에서 도미노를 쌓으며 놀고 있는 부자가 재이 눈에 들어왔다. 다정한 아빠와 해맑은 아이. 재이는 말없이 두 사람을 쳐다보았다. 부러움의 눈빛보다는 언제 저 행복이 끝날지를 기다리는 듯한 얼굴이었다.

얼마나 지났을까, 도미노를 쌓던 아이가 홀로 놀고 있었다. 재이는 천천히 아이 쪽으로 걸어갔다. 도미노는 제법 그럴듯하게 완성되어 있었다.

"우리 아빠랑 만든 거다. 멋지지?"

아이의 얼굴엔 자랑이 가득했다. 재이는 관심 없다는 표정으로 말했다.

"구려."

"에이, 부러워서 그러지? 형아는 이런 거 없지?"

아이는 들뜬 표정으로 이리저리 폴짝거리다가 그만 발끝으로 한 블록을 차버렸다. 순식간에 도미노가 와르르 무너졌다. 재이는 입꼬리를 실룩거리며 중얼거렸다.

"죠빠."

"뭐? 지금 욕했지!"

재이는 씩씩대는 아이를 보더니 웃기 시작했다. 흐흐훗킥킥. 웃음이 번질 때마다 재이의 뺨 한쪽이 아릿하게 당겼다.

7장 깨진 조각들

나나가 입원해 있는 동안 재이는 거의 매일을 병실 침대 밑에서 보냈다. 처음부터 그곳을 좋아한 것은 아니었다. 컴컴하고 먼지투성이인 침대 밑을 누가 좋아하겠는가. 재이에게는 숨을 곳이 필요했다. 엄마와 아빠의 다툼으로부터, 낯설고 무서운 병원으로부터. 침대 밑에 몸을 숨기면 투명 망토라도 두른 것처럼 마음이 편안해졌다.

"거기 있지 말랬지!"

재이의 뺨에 유리 조각이 박히던 날, 수한은 재이를 크게 나무랐다. 생일날 다친 것만 해도 서러운데 아빠한테 꾸중까지 들으니 눈물이 멈추지 않았다. 재이는 일부러 더 서럽게 울었다. 수한은 미안했는지 치료가 끝나고 조용히 약속했다.

"아빠가 재이 생일날만큼은 꼭 같이 있어줄게."

깨진 조각들

재이는 그 약속이 싫었다. 다른 날들은 옆에 없을
수도 있다는 얘기처럼 들렸다.

어느 순간 재이는 엄마의 발목이 자기 팔뚝보다도
가늘어졌다는 걸 알았다. 엄마는 약도 밥도 잘 먹지
를 않았다. 재이는 수술만이 엄마의 병을 끝낼 수 있
다는 아빠의 말을 믿었다. 침대 밑에 엄마의 수술날
을 적어두고 그날이 오기만을 손꼽아 기다렸다.

그렇게 수술날이 찾아왔다. 오늘만 견디면 집에
갈 수 있다는 생각에 재이는 아침부터 마음이 들떴
다. 하지만 엄마는 무슨 이유에서인지 수술을 받지
않았다. 오늘이 지나면 모든 게 바뀔 거라고 생각했
지만 아무것도 달라지지 않았다. 아빠와 엄마는 그
날도 싸웠고, 재이는 여느 때처럼 침대 밑에서 하루
가 가기를 기다렸다. 재이는 이 기나긴 병원 생활이
영영 끝나지 않을 것처럼 느껴졌다.

엄마의 장례식날, 재이는 이상하게도 눈물이 나오
지 않았다. 보통 이럴 땐 울곤 하던데, 엄마의 빈자리
가 아직 와닿지 않았다. 어쩌면 이미 침대 밑에서 너
무 많이 울어버린 탓에 흘릴 눈물이 남지 않은 것일
지도 몰랐다. 수한 역시 눈물을 보이지 않았다. 그런
아빠를 보며 재이는 눈물이 나지 않는 것도 괜찮다
고 느껴졌다. 그러다 세상이 떠나가도록 울음을 쏟
아내는 할머니를 보고 저렇게 우는 건 어떤 마음일

까 문득 궁금해졌다.

*

상흔은 카페에 먼저 나와 있었다. 추 형사가 감사 인사가 늦었다며 커다란 과일 바구니를 내밀었다. 상흔은 받을 수 없다며 손사래를 쳤지만 추 형사는 바구니를 그녀 앞으로 밀어두었다.

"박 의원 사건의 일등 공신이신데요. 그러지 말고 받아주세요."

"이런 거 주실 줄 알았으면 전화 받지 말걸 그랬어요."

상흔이 가볍게 웃어 보였지만, 얼굴엔 깊은 피로가 내려앉아 있었다. 추 형사의 예상대로 그녀는 병호병원에서 해고된 뒤 동네에 있는 작은 병원으로 옮긴 상태였다.

"어렵게 도와주셨는데 정말 죄송합니다."

추 형사는 유감을 표하듯 시선을 떨구며 말했다.

"아녜요. 해야 할 일을 했을 뿐인데요."

상흔은 커피를 한 모금 마시고는 말을 이어갔다.

"그리고 보내주신 몽타주는 봤는데, 근무하는 동안 그런 간호사는 못 봤어요. 그때 병동에 남자 간호사들이 몇 명 없어서 이름까지 다 기억을 하는데, 처음 보는 얼굴이었어요.”

“역시….”

추 형사가 낮게 중얼거렸다.

“도움을 못 드려서 죄송해요.”

“그런 말씀 마세요. 오히려 제가 죄송합니다. 저 도와주시다가 안 좋은 일까지 당하셨는데, 찾아와서 또 이런 거나 묻고….”

계속되는 추 형사의 사과에 상흔은 정말 괜찮다고 했다. 추 형사가 사과할 일이 아니라는 걸 상흔도 알고 있는 듯했다.

“일은 지금이 더 편해요. 그리고 박 의원 사건 때문만은 아니었어요.”

추 형사가 의아한 표정을 지었다.

“예전에 약제실 출입카드를 잃어버린 적이 있었어요.”

“그런 걸로 해고를 한다고요?”

“나중에 환자복 주머니에서 찾긴 했는데, 그 카드로 몰래 약물을 빼낸 기록이 있더라구요. 그게 좀 문제가 됐죠.”

순간 추 형사의 머릿속을 번뜩 스치는 것이 있었다.

“혹시… 제타딘이었나요?”

상흔은 헛헛하게 웃으며 고개를 끄덕였다.

“박 의원 때도 그 약이 말썽이더니, 저랑 악연인가

봐요.”

추 형사의 눈빛이 날카로워졌다. 그는 잠깐 생각하더니 안경을 추켜올리며 물었다.

“그 카드가 들어 있었다는 환자복, 혹시 나나 씨 거였나요?”

추 형사의 질문에 상훈의 표정이 굳었다.

“형사님이 나나 씨를 어떻게 아세요?”

제타딘을 훔친 사람이 나나였다는 사실에 추 형사의 머릿속이 하얘졌다. 그녀가 살해당한 것이 아니라 스스로 생을 마감했다는 뜻인가. 오랜 시간 동안 모든 것을 되짚어온 끝에 다시 아무것도 없는 출발점으로 돌아온 기분이었다.

서로 돌아온 추 형사는 지금까지 찾아낸 증거들을 책상 위에 펼쳐놓고 깊은 생각에 잠겼다. 어지러이 흩어진 조각들 사이 어딘가에 자신이 놓치고 있는 무언가가 있을 것 같았다. 그 순간, 추 형사의 머릿속에 한 장면이 스쳐 지나갔다. CCTV 속 병실에서 뛰쳐나오는 아이. 나나의 죽음에 유일한 목격자일지도 모르는 재이였다.

*

재이는 숙소에 혼자 있었다. 아빠를 만나지 않고

깨진 조각들

돌아온 재이에게 할머니는 아무것도 묻지 않았다. 평소 재이가 좋아하는 치즈 케이크를 테이블에 올려 두고는 볼일이 있다며 법원으로 향했다. 나가기 전 할머니는 재이를 혼자 두는 게 마음에 걸렸는지 같이 가겠냐고 물었지만, 재이는 고개를 저었다. 아빠와 할머니가 다투는 일에 가까이 가고 싶지 않았다. 법원에 갔다가 덜컥 무서운 일에 휘말릴까 겁도 났다. 무서운 일이란, 아빠를 버리는 일이었다. 잠시 아빠를 보고 싶지 않은 것이지 영영 아빠를 떠나보낼 생각은 없었다.

할머니가 숙소를 떠나고 얼마 지나지 않아서, 방 전화기가 울렸다. 숙소 주인에게서 걸려 온 전화였다. 어떤 남자가 찾아왔으니 1층으로 내려오라고 했다. 어떤 남자? 아빠다. 아빠가 온 거야. 재이의 입가에 미소가 번졌다. 재이는 서둘러 신발을 갈아 신고 1층으로 내려왔다.

하지만 재이를 반긴 사람은 수한이 아니었다.

"안녕, 재이야."

재이는 경계하는 눈빛으로 반 발짝 뒤로 물러섰다.

"아저씨는 재이 엄마 사건을 조사 중인 추재식 형사라고 해."

"엄마요? 엄마 뭐를 조사하는데요?"

"아, 아빠한테 얘기 못 들었구나."

"무슨 얘기요."

추 형사는 잠시 망설이다가 물었다.

"혹시 병원에서 엄마 괴롭히는 사람들 없었니?"

"몰라요."

"그럼, 엄마를 마지막으로 본 날은 기억하니?"

순간 재이의 눈빛이 흔들렸다. 재이가 뭔가 알고 있다고 직감한 추 형사는 자세를 낮추어 재이의 눈을 똑바로 바라보며 물었다.

"그날 무슨 일이 있었는지 아저씨한테 말해줄 수 있어?"

"몰라요. 자고 있었어요."

추 형사는 재이의 어깨를 조심스럽게 잡았다.

"재이야, 다시 한번 잘 생각해봐."

"자고 있어서 모른다니까요."

"엄마를 위해서야."

"…"

재이는 한참을 망설이다 천천히 입을 열었다.

"잠이 들었어요."

그날 밤, 재이는 평소처럼 침대 밑에 엎드려 있다가 깜빡 잠이 들었다. 눈을 떴을 때는 이미 깜깜한 밤이었다. 다시 눈을 감으려는 그때, 어디선가 흐느끼는 소리가 들려왔다. 이상한 낌새에 재이는 몸을 일으켰다. 침대 밑에서 나오려는 그 순간 퍽, 하고 바닥

깨진 조각들

에 얼굴을 찧으며 누군가 쓰러졌다. 엄마였다. 눈동자는 죽은 사람처럼 굳어 있었고, 입에서는 하얀 거품이 새어 나왔다. 놀란 재이는 침대 밑에서 기어 나와 울부짖으며 엄마를 흔들었지만 끝내 엄마는 깨어나지 않았다.

"…그게 끝이에요."

얘기를 마친 재이는 힘없이 고개를 숙였다. 작은 어깨가 덜덜 떨렸다. 어린아이가 엄마의 죽음을 목격했다는 사실에 추 형사도 마음이 착잡해졌다. 추 형사는 안쓰러운 눈으로 재이를 바라보며 조심스레 물었다.

"힘든 얘긴데 말해줘서 고마워. 근데 엄마가 쓰러진 거 말고 또 본 건 없니?"

"…없어요."

"낯선 사람이나 이상한 흔적 같은 건?"

재이가 고개를 저었다. 추 형사는 핸드폰을 꺼내더니 주사기 사진을 보여주었다.

"이건 본 적 있니?"

재이는 입을 꾹 다문 채 뺨을 어루만졌다.

"괜찮아. 아저씨한테는 솔직하게 말해도 돼."

재이는 덤덤하게 말했다.

"많이 봤죠. 병원에는 주사기가 많잖아요."

재이는 바닥에 시선을 고정한 채 더 이상 말을 하

지 않았다. 추 형사는 다시 한번 주사기 사진을 들이밀며 물었다.

"잘 봐. 일반 주사기랑 좀 다르잖아. 크기도 크고, 바늘도 휘어 있잖아."

"몰라요, 밖으로 떨어질 때 휘었나 보죠."

추 형사는 눈썹을 움찔거리더니 재이를 지그시 쳐다봤다.

"밖으로 떨어졌다니?"

"네?"

"방금 주사기가 밖으로 떨어졌다고 했잖아. 그건 어떻게 알았어? 네가 밖으로 던졌니?"

재이는 입술을 깨물었다. 금방이라도 울 것 같은 얼굴이었다.

"Дзіўны гэты чалавек, бабуля(할머니, 저 사람 이상해)."

마침 그때 법원에 갔던 할머니가 숙소로 돌아왔다. 재이는 할머니를 보자마자 잽싸게 그 뒤로 숨어버렸다. 추 형사는 재이를 서로 데려가려 했지만 리벨라우스어로 버럭버럭 화를 내는 할머니 때문에 그러지 못했다. 할머니와 법원에서 함께 온 조사관도 아동학대로 신고하겠다고 으름장을 놓는 바람에, 추 형사는 홀로 돌아올 수밖에 없었다.

추 형사가 떠나고 조사관은 숙소를 둘러보더니 재

깨진 조각들

이에게 물었다.

“할머니랑 사는 데 불편한 건 없니?”

조사관의 질문에 재이는 고개를 끄덕였다. 조사관은 재이에게 리벨라우스의 집은 어떤지, 학교는 괜찮은지, 친구들과는 잘 지내는지, 재이의 환경에 대해 한참을 더 물어봤다. 조사관은 편하게 얘기하라고 했지만 재이는 자기가 무언가 얘기할 때마다 노트에 기록된다는 것이 신경 쓰였다. 재이의 대답은 점점 짧아졌다.

“오늘 얘기를 잘 해줬어. 참 잘했다.”

조사관이 노트를 덮자 재이는 갑자기 불안해졌다.

“그럼… 이제 아빠는 못 봐요?”

“보고 싶으면 언제든 볼 수 있지.”

조사관은 아직 결정된 게 없다고 말했지만 재이는 알 수 있었다. 이제 다시는 아빠를 볼 수 없다는 걸. 그 순간 재이는 오늘 아빠를 보러 가지 않은 것을 후회했다. 가슴에 차가운 구멍이 뚫린 것 같았다. 재이의 표정을 살피던 조사관이 물었다.

“아빠가 보고 싶니?”

“…”

“아빠랑 살고 싶어?”

“…”

재이는 아무 대답도 하지 않았지만 무척이나 초조

해 보였다. 아빠도 엄마처럼 영영 자신을 떠날 거란
예감에 작은 심장이 세차게 요동쳤다. 재이는 입을
뗐다 붙였다 하더니, 추 형사에게 차마 말하지 못한
그날의 기억을 털어놓았다.

*

엄마가 입에 거품을 문 채 쓰러지던 날, 재이가 본
사람은 다름 아닌 수한이었다. 쓰러진 엄마를 보고
놀라 침대 밑에서 뛰쳐나온 재이가 울먹거리며 수한
에게 다가갔다.
"아빠, 아빠, 엄마가⋯."
수한은 재이를 달래듯 말했다.
"괜찮아. 이제 다 끝났어."
재이는 온몸이 떨릴 만큼 무서웠지만 수한은 담담
해 보였다. 마치 삶의 마지막 순간에 이른 사람처럼.
수한은 손에 쥔 주사기를 천천히 자신의 오른쪽 팔
목 가까이에 가져갔다.
"아빠⋯ 뭐 해?"
나나만큼이나 병원 생활을 오래 해온 재이는 수한
이 무얼 하는지 알 수 있었다. 엄마를 쓰러지게 만든
위험한 약물이 주사기에 들어 있다는 것을, 그리고
이제 그 위험한 것이 아빠의 팔목을 뚫고 들어가기

깨진 조각들

직전이라는 것을.

"안 돼!"

재이는 온몸으로 수한을 밀쳤다. 중심을 잃은 수한이 의자에서 넘어지면서 날카로운 주삿바늘이 수한의 팔을 그었다. 수한은 바닥에 떨어진 주사기를 집으려 손을 뻗었다. 하지만 그보다 먼저 재이가 침대 머리맡에 있는 비상호출 버튼을 눌렀다. 병실 가득 경고음 소리와 함께 복도 밖에서 간호사들이 달려오는 소리가 들렸다.

"여기요! 여기요!"

재이는 다급한 목소리로 간호사들을 부르며 병실 밖으로 뛰어나갔다. 잠시 뒤 다시 병실로 돌아왔을 때, 수한은 이미 온데간데없이 사라진 뒤였다. 아빠가 어디 갔지, 분명 여기 있었는데. 두리번거리는 재이의 뺨에 바람이 스쳤다. 활짝 열린 창문 밖에서 싸늘한 바람이 불어왔다. 유리 조각이 박혔던 곳이 시큰거렸다.

*

재이는 창문 밖을 내다보았다. 할머니가 조사관을 배웅하고 있었다. 재이는 착잡한 표정으로 속삭였다.

"엄마, 내가 먼저 아빠를 버린 게 아냐."

창문 사이로 바람이 불어왔다.

"아빠가 먼저 날 버리려고 했어."

재이는 창문을 닫았다.

깨진 조각들

8장 뒤틀린 그림자

재이를 만나지 못한 수한은 터벅터벅 집으로 돌아가고 있었다. 현관문을 열자 집 안은 칠흑처럼 어두컴컴했다. 수한은 지원을 찾았지만 아무 인기척이 없었다. 더듬거리며 스위치를 켜려는 순간, 암흑 속에서 발소리가 들려왔다.

"…누구야?"

누군가 수한의 말을 따라 했다.

"…누구야?"

낯익은 목소리, 리수한이었다. 수한이 천천히 다가가며 물었다.

"왜 다시 나타난 거야?"

"왜 다시 나타난 거야?"

"따라 하지 마."

"따라 하지 마."

뒤틀린 그림자

리수한은 깔깔대며 웃더니 뜬금없이 박 상무 얘기를 꺼냈다.

"박 상무 말야. 러시아에서 죽었다는 그 사람. 그 복제인간이 어떻게 됐는지 알아?"

수한은 침묵했다.

"잘 살고 있대. 박 상무 대신 박 상무 집에서, 박 상무 가족들과 함께."

"…."

"재밌지 않아? 오늘 회사에서 들은 얘기야. 박 상무 복제인간이 박 상무보다 훨씬 인간적이어서 가족들도 좋아한대."

리수한의 말을 잠자코 듣고 있던 수한의 표정이 일그러졌다.

"설마 너… 오늘 회사에 갔어?"

"오늘 법인장 면접날이잖아. 도대체 그 중요한 자리엔 왜 안 나간 거야. 넌 내 생각보다 훨씬 멍청하다니까."

"면접도 봤어?"

"걱정 마. 내가 완벽하게 하고 왔으니까."

수한은 굳은 얼굴로 핸드폰을 들며 말했다.

"경찰을 부를 거야."

리수한은 가소롭다는 듯 웃으며 고개를 돌렸다.

"맘대로 해. 네 동생도 경찰 부르려다 이렇게 됐지

만.”

리수한의 시선 소파 뒤로 향했다. 수한은 그제야 바닥에 쓰러져 있는 지원을 발견했다.

“지원아!”

리수한은 전기 충격기를 지원의 심장 가까이 대며 말했다.

“가까이 오지 마.”

“너, 도대체 무슨 짓을 한 거야!”

“살리고 싶으면 케이블 타이로 네 몸을 묶어.”

선택의 여지가 없었다. 수한은 케이블 타이로 자신의 손발을 의자에 고정시켰다. 리수한이 플라스틱 줄을 더 꽉 죄며 중얼거렸다.

“너한테 네 인생은 아까워.”

“….”

“모든 인간은 자기 인생을 누군가에게 뺏길 수도 있다는 생각으로 살아야 해. 그래야 다들 인생을 소중히 여기며 열심히 산다고.”

수한이 리수한을 노려보며 말했다.

“그래서 내 앞에 나타난 거야? 내 삶을 뺏으려고?”

리수한은 어이가 없다는 듯 웃으며 말했다.

“네 삶을 뺏어서 뭐 하게. 넌 아무것도 없잖아.”

“….”

수한은 입술을 깨물었다. 자신을 쳐다보는 리수한

뒤틀린 그림자

의 눈빛은 싸늘하다 못해 환멸감마저 담겨 있었다. 수한은 처음으로 자신과 똑같이 생긴 리수한의 얼굴이 다르게 보이기 시작했다. 리수한은 수한의 귀밑에 싱크칩을 붙이고는 자신의 싱크칩을 손가락으로 두드렸다. 수한의 귀밑이 따끔거리리며 뇌가 간질거렸다. 리수한이 다시 한번 싱크칩을 두드리자, 지잉하는 소리와 함께 두 사람의 기억이 싱크되었다.

*

"안녕, 이수한?"

나나였다. 환자복을 입고 있는 나나는 리수한을 한참 동안 신기하게 쳐다보았다. 리수한도 자신의 몸을 찬찬히 살펴보았다. 나나는 리수한을 쳐다보며 싱긋 웃었다. 지금으로부터 3년 전, 리수한이 처음 세상에 나온 날이었다.

"Вы Сухан Лі(너는 이수한이야)."

리수한은 리벨라우스어를 알아듣지 못했지만 자신을 '이수한'이라고 부르는 것만큼은 알아들을 수 있었다.

"이수한?"

리수한이 자신을 가리키며 물었다.

"мой муж, які любіць мяне(나를 사랑하는 내 남

편)."

나나는 지금 자신을 미워하는 남편이 아닌, 자신을 가장 사랑했던 시절의 남편으로 리수한의 뇌를 싱크시켰다. 나나는 리수한에게 말했다. 너는 나를 사랑해야 한다고, 그러기 위해 존재한다고.

신혼 시절 수한의 뇌가 복제된 리수한은 나나를 살뜰히 보살폈다. 나나가 고통스러워하면 함께 아파했고, 나나와 더 잘 대화하기 위해 리벨라우스어도 익혔다. 나나의 곁에서 나나가 사랑을 느끼도록 그녀를 돌봐주었다. 불행하게도 두 사람은 행복했다. 그것은 어디까지나 복제된 행복이었다.

약물 치료의 강도가 높아지자 나나는 나날이 야위고 약해졌다. 병이 깊어질수록 나나는 두 사람 사이에서 미쳐갔다. 수한은 나나를 점점 더 원망했고, 리수한은 그녀를 너무 사랑했다. 리수한은 수한과 달라 보이고 싶어 머리카락을 짧게 밀어버렸지만, 나나의 혼란을 잠재울 수는 없었다.

'너랑 있는 게 지옥이야.' 수한과 다툰 뒤, 머릿속을 헤집고 다니는 말들 때문에 나나는 괴로움에 몸부림쳤다. 리수한은 말없이 다가가 나나를 안아주려 했지만, 나나는 그의 손길을 뿌리치며 말했다.

"ты падробка(넌 가짜야)."

그 말은 리수한의 심장에 꽂혀 잊혀지지 않았다.

뒤틀린 그림자

리수한은 깨달았다. 자신이 아무리 노력한다 해도 수한의 존재를 대체할 수 없다는 사실을. 리수한은 세상 그 누구보다도, 어쩌면 수한보다도 나나를 사랑했지만 그 사랑은 나나에게 닿을 수 없는 것이었다. 결국 나나가 바라는 것은 리수한의 사랑이 아닌 수한의 사랑이었다.

모두가 잠든 새벽, 나나는 제타딘이 든 주사기를 리수한의 손에 쥐여주며 말했다.

"Канец пекла(이 지옥을 끝내줘)."

"…."

"спытаць(부탁이야)."

리수한은 부탁을 들어줄 수 없었다. 하지만 다음 날도, 다다음 날에도 나나는 주사기를 건네며 이 모든 걸 끝내달라고 말했다. 리수한은 울면서 자기한테 제발 그러지 말아달라고 부탁했지만, 나나는 정색하며 말했다.

"Вы той, хто павінен рабіць тое, што я вам кажу(너는 내가 시키는 대로 해야 하는 존재야)."

그날 밤도 나나는 주사기를 리수한에게 건넸다. 리수한은 천천히 주사기를 받아 들었다. 나나는 희미하게 미소 지었다. 두 사람은 한동안 아무 말없이 서로를 안아주었다. 모든 것이 잠든 듯 고요해지자, 나나는 천천히 고개를 끄덕였다. 리수한이 주사

기 바늘을 나나의 팔 가까이 가져갔지만 차마 찌를
수 없었다. 리수한이 고개를 내저으며 허둥대자, 나
나는 주사기를 든 리수한의 손 위에 자신의 손을 포
갰다. 그리고 아무 망설임 없이 자신의 혈관으로 바
늘을 밀어 넣었다. 리수한은 숨이 멎는 듯 했다. 나나
가 리수한의 어깨 위로 머리를 기댔다. 주사기 안의
제타딘 용액이 다 주입되기도 전에 나나는 기절하듯
쓰러졌다. 리수한은 쓰러진 나나를 잠깐 바라보다
긴 숨을 내뱉었다. 그러고는 제타딘이 남은 주사기
를 자신의 팔에 갖다 대고 두 눈을 질끈 감았다.

*

"으헉!"
수한이 비명을 터트리며 눈을 부릅떴다. 그 순간
리수한은 수한의 기억을 싱크받으려다가, 역으로 자
신의 기억이 수한에게 싱크되었다는 것을 깨달았다.
리수한이 허겁지겁 수한의 싱크칩을 뜯어내려 하자,
의자에 묶인 수한은 고개를 젖혀 리수한의 얼굴을
세게 들이받았다.
"악!"
리수한이 코를 움켜쥐고 비틀거렸다. 수한은 온몸
에 치솟는 분노를 억누르며 리수한을 노려보았다.

뒤틀린 그림자

"너였어… 네가 나나를 죽였어!"

리수한은 그 말을 비웃듯 코끝으로 숨을 내뱉었다.

"나나를 죽게 만든 건 내가 아냐, 바로 너지."

"닥쳐! 이 살인자 새끼야!"

"너만 없었으면 우린 행복할 수 있었는데."

리수한이 달려들어 수한의 목을 조르려 하자, 수한은 고개를 비틀며 악에 받친 짐승처럼 리수한의 목덜미를 물었다.

"으아아아악!"

피가 수한의 얼굴에 튀었다. 리수한의 귀밑에 붙어 있던 싱크칩이 부러지며 날카로운 모서리가 살갗을 찔렀다. 수한은 더 세게 리수한의 목덜미를 깨물었다. 그러자 리수한이 숨을 헐떡이며 뒤로 나자빠졌다. 그 틈을 타 수한은 몸을 의자째 바닥에 내던졌다. 퍽! 의자가 산산이 부서졌다. 손발이 풀린 수한은 재빠르게 리수한에게 다가갔지만, 리수한이 수한의 명치를 세게 걷어찼다. 수한은 숨이 턱 막히며 그대로 바닥에 나동그라졌다. 리수한은 부서진 의자 조각을 움켜쥐고 수한의 목덜미를 찔렀다.

"으아악!"

나무 조각이 수한의 살을 깊숙이 파고들었다. 수한의 목덜미에서 피가 흘렀다. 리수한은 수한이 물었던 자신의 목덜미를 보여주며 싸늘하게 말했다.

"이제 상처까지 완전히 똑같아졌네. 너 같은 새끼랑 살아보니까 어때?"

리수한은 쥐고 있던 나무 조각을 더 힘껏 눌렀다. 수한이 컥컥거렸다.

"숨이 턱 막히지?"

수한은 점점 의식을 잃어갔다. 그때 쾅쾅, 누군가 현관문을 두드렸다.

"이수한 씨?"

문밖에서 수한을 찾는 추 형사의 목소리가 들려왔다. 수한은 도와달라 외치려 했지만 목소리가 나오지 않았다.

"웁, 우, 웁…."

숨소리가 점점 잦아들더니 수한의 몸이 추욱 처졌다. 쾅! 문이 부서지면서 추 형사가 들어왔다.

"꼼짝 마!"

바닥에는 피가 흥건했다. 수한은 기절한 채 바닥에 쓰러져 있었다.

"이수한 씨! 정신 차려요, 이수한 씨!"

추 형사가 수한을 흔들어 일으키려는데 그 옆에 누군가 또 쓰러져 있는 것이 보였다. 또 다른 수한이었다.

"…이수한 씨?"

추 형사는 두 명의 수한을 번갈아 쳐다보았다.

뒤틀린 그림자

수한이 눈을 뜬 건 조사실에서였다. 원칙대로라면 따로 조사를 받아야 했지만 누가 누구인지 구분이 불가능한 상황이었다. 리수한과 수한은 서로가 진짜라며 소리를 질러댔다.

"내가 이수한입니다!"

"형사님, 믿어주세요. 내가 진짜예요!"

조사실 밖 반사 유리 너머에서 두 사람을 번갈아 보던 추 형사가 눈살을 찌푸리며 물었다.

"그러니까, 이쪽… 아니 저쪽이 이수한 씨라는 거죠?"

추 형사 옆에 있던 지원이 유리창 가까이 다가가며 말했다.

"원래는 오빠 목덜미에 상처가 있었거든요. 장례식 때 생긴 상처요. 그런데 지금은 둘 다…."

두 사람 모두 같은 부위에 거즈를 덧대고 있었다. 난감한 얼굴로 두 사람을 보던 지원은 문득 무엇이 떠올랐는지 추 형사에게 말했다.

"재이, 재이라면 알 거예요."

"재이가요? 어떻게요?"

"재이의 생일날, 오빠를 만났거든요. 재이한테 그날 아빠랑 뭘 했는지 물어보면 진짜 이수한이 누군지 알 수 있을 거예요."

잠시 후 조사실에 도착한 재이는 눈을 껌뻑거리며 입을 다물지 못했다.

"아빠가… 둘이네요?"

추 형사가 놀란 재이의 어깨를 다독이며 말했다.

"이 중 한 명은 네 아빠가 아냐."

"…그럼 누군데요?"

"복제인간."

재이는 눈이 휘둥그레지며 말을 잇지 못했다. 지원은 재이에게 엄마가 아빠의 복제인간을 만들었다는 얘기를 해주었다. 이야기를 듣는 내내 재이의 얼굴은 복잡해 보였다. 간간이 입술을 깨물기도, 하얀 두 볼이 벌겋게 달아오르기도 했다. 설명을 다 들은 재이는 그제야 상황을 이해한 듯 옅은 한숨을 내뱉었다.

"누가 아빠인지 알아보겠어?"

지원의 물음에 재이는 창문에 얼굴을 가까이 대고 수한과 리수한을 여러 차례 번갈아 보았다. 몇 번이나 뚫어져라 쳐다보았지만 이내 시무룩한 표정으로 고개를 저었다. 추 형사가 재이에게 물었다.

"고모 말로는 어제 아빠랑 만났다던데 어제 뭘 했는지 말해줄 수 있어?"

"…못 만났어요."

뒤틀린 그림자

재이의 예상치 못한 대답에 당황한 지원이 물었다.

"센터에서 아빠 만나지 않았어?"

"…제가 안 나갔어요."

재이가 고개를 떨구며 말했다.

"죄송해요."

추 형사는 괜찮다듯 재이의 머리를 쓰다듬었다.

재이는 혹시나 하는 마음에 두 눈을 감고 유리창에 손을 갖다 댔다. 무의식이 끌어당기는 듯 창을 더듬더듬거렸지만 이내 모르겠다는 듯 시선을 바닥으로 떨궜다. 그러다 문득 재이는 추 형사가 했던 말을 떠올리며 말했다.

"주사기요."

"어?"

"주사기를 창밖으로 던진 사람은 알아요. 내가 확실히 봤거든요."

재이의 두 눈이 커졌다. 재이는 유리창에 얼굴을 바짝 붙인 채 수한과 리수한을 유심히 쳐다보더니 손가락으로 한 명을 가리켰다.

"저 사람이에요."

"어떻게 알아?"

재이는 확신에 찬 표정으로 말했다.

"그날 팔에 주사를 놓으려다 내가 밀쳤거든요. 그때 바늘에 찔려 상처가 났어요."

추 형사는 즉시 조사실로 들어가 재이가 가리킨 사람의 팔목을 들어 보았다. 재이의 말대로였다. 날카로운 것에 베인 듯 가느다란 흉터가 보였다. 수한의 팔목에는 없는 상처였다. 리수한은 자기가 진짜 오리지널이라며 끝까지 발버둥을 쳤지만, 수갑이 채워진 채 형사들에게 끌려갔다. 수한 입에서 깊은 안도의 숨이 새어 나왔다.

"아빠!"

조사실 문이 열리고 재이가 들어왔다.

"재이야!"

재이는 참아왔던 눈물을 터트리며 수한의 품에 안겼다. 수한은 재이를 꼭 끌어안아주었다. 오랜만이었다. 아들의 체온을 그렇게 온전히 느낀 것은. 재이도 마찬가지였다. 아빠의 품이 이렇게 따뜻하게 느껴진 것은. 두 사람은 오래도록 참아왔던 울음, 어쩌면 장례식에서부터 억눌러왔던 슬픔을 함께 게워냈다.

*

일주일 뒤, 추 형사가 수한의 집을 찾았다. 현관문을 열어준 사람은 수한이 아닌 재이였다. 추 형사는 달라진 집 안 분위기를 살피며 수한에게 물었다.

"아이 양육권을 지키신 겁니까?"

뒤틀린 그림자

수한이 고개를 내저으며 말했다.

“할머니 측 요청으로 소송이 미뤄졌어요. 이런저런 일도 있고 해서 아이의 정서적 안정을 우선시하기로 서로 합의했습니다.”

거실에서 장난감을 가지고 노는 재이의 표정이 어느 때보다 편안해 보였다. 추 형사는 주머니를 뒤적이다 무언가 수한에게 건넸다. 수한의 손바닥 위에서 두 개의 싱크칩이 반짝였다.

“상당히 많은 게 들어 있더군요. 수사에 큰 도움이 됐습니다.”

“제 기억과 리수한의 기억이 구분되던가요?”

“꽤요. 기억만 본다면 다른 사람 같던데요?”

“그런가요. 하긴….”

수한도 짐작은 했다. 아내를 누구보다 사랑한 리수한의 기억과 아내를 누구보다 미워했던 자신의 기억이 다르게 기록될 수 있다는 것을. 추 형사는 리수한의 싱크칩에서 밝혀낸 진실들을 수한에게 전해주었다. 수한의 집으로 배달된 택배 상자도, ‘너도 너 같은 새끼랑 살아봐’라는 나나의 쪽지도 모두 리수한이 꾸며낸 것이었다.

“나나가 보낸 게 아니었군요.”

“은행에서 발견한 리수한의 필체와 쪽지를 비교했더니 유사했습니다.”

　모든 것은 수한에게 복수하기 위한 리수한의 계획이었다.

　"나나를 죽인 것도… 리수한인가요?"

　추 형사가 고개를 끄덕였다. 수한은 얼굴을 쓸어내리며 물었다.

　"그럼 이제 리수한은 어떻게 되는 건가요?"

　"폐기될 겁니다."

　"폐기라면 어떻게….”

　"냉각 폐기로 알고 있습니다. 피부와 장기를 급속 냉동시켜서 죽이는 방식이죠."

　수한은 눈을 감았다. 그 방법이 너무 잔혹하게 느껴졌다.

　"감옥에 가거나 다른 처벌 방식은 없나요?"

　"복제인간은 아직 법적 규정이 없어 처벌 자체가 불가능합니다. 죄를 저질렀든 안 저질렀든 폐기될 뿐이죠."

　"사람한테는 그러지 않잖아요. 살인자에게도 감옥에서 반성하며 지낼 기회는 주잖아요."

　"리수한은 사람이 아니니까요."

　수한은 싱크칩을 내려다보며 물었다.

　"저보다 인간적이지 않던가요?"

　추 형사는 잠깐 뜸을 들이다가 덤덤하게 말했다.

　"글쎄요, 저도 이번 일은 좀 복잡하네요. 원래는 자

뒤틀린 그림자

기 생존을 위해 원본인 오리지널까지 잡아먹는 기생충 같은 존재라고 생각했습니다. 그런데 리수한을 보니….”

추 형사가 떨떠름한 표정을 짓더니 말을 이었다.

“누군가에게 사랑받고 싶어 하고, 그 사랑을 위해 자신을 바치기도 하고….”

“…사람 같죠.”

수한의 말에 추 형사도 천천히 고개를 끄덕였다. 두 사람 사이에 깊은 침묵이 흘렀다.

“이제 남은 가족에게 집중하셔야죠.”

추 형사는 거실 한가운데서 놀고 있는 재이를 보며 말했다.

“상처가 컸을 겁니다. 엄마의 살해 현장을 목격했으니까요.”

“왜 그동안 말하지 않았을까요.”

“아빠가 엄마를 죽였다는 사실을 누구한테, 어떻게 말합니까.”

수한은 말없이 고개를 떨궜다. 그 큰 고통을 재이혼자 짊어지게 한 것이 너무나 미안했다.

“침묵으로 아빠를 지키려 한 거겠죠.”

추 형사가 떠난 뒤, 수한은 재이를 공항에 데려다주며 조심스럽게 물었다.

“재이야.”

"응?"

"그동안 아빠가 많이 미웠지?"

"괜찮아. 아빠가 아니었잖아."

"다 아빠 잘못이야. 아픈 엄마도, 너도 잘 돌봐줬어야 했는데…."

수한이 말끝을 흐리자 재이는 수한을 바라보며 무구하게 웃었다.

"아니야, 아빠는 엄마한테 늘 잘해줬잖아. 약도 잘 챙겨주고, 머리도 감겨주고. 아빠는 엄마를 잘 돌봐줬어."

순간 수한의 얼굴이 어둡게 굳었다.

"재이야, 그건 내가 아…."

"엄마한테 소리 지르고 화낸 건 다 리수한이야. 그치?"

수한의 심장이 철렁 내려앉았다. 수한의 차가 터널 속으로 들어갔다. 수한은 숨이 막혀 어떤 말도 할 수가 없었다. 짙은 침묵이 이어졌다. 재이는 수한의 표정을 살피다 이내 창밖으로 시선을 돌렸다. 수한의 차가 터널을 빠져나오자 차 안 가득 햇빛이 쏟아졌다. 수한은 무언가 부끄러웠다.

"…아빠가 나빴어."

"응?"

"미안해, 다 내 잘못이야."

뒤틀린 그림자

재이는 그렇지 않다는 듯 고개를 천천히 저었지만 여전히 창밖에 시선을 두었다. 공항에 도착해서도 재이는 오랫동안 차에서 내리지 않았다.

*

얼마 후, 수한의 회사에 인사발령 공문이 붙었다.
"어머, 이 팀장님 러시아 법인장 되셨네?"
공문을 본 사람들이 수군거렸다. 하지만 수한은 그날도, 그다음 날도 출근하지 않았다.

뒤틀린 그림자

에필로그
다시 곁으로

리수한은 실오라기 하나 걸치지 않은 차림으로 철제 카트에 실려 어딘가로 옮겨졌다. 그와 함께 잡혀 온 복제인간 수십 명이 마치 냉동식품 옮겨지듯 컨테이너 안으로 차례로 옮겨졌는데, 그 모습은 사람보다 고깃덩이에 가까웠다. 컨테이너 문이 열리자 살을 에는 냉기가 리수한의 살갗을 파고들었다. 혈관까지 얼어붙을 것 같았다. 누군가 살고 싶다며 카트 위에서 도망쳤지만 오래가지 못해 총성과 함께 바닥에 쓰러졌다.

"생명 윤리 및 안전에 관한 법률 20조에 따라, 살아 있거나 죽은 다른 사람과 유전자적으로 동일한 인간은…."

스피커에서는 리수한을 비롯한 이들이 왜 죽어 마땅한지에 대한 법적 설명이 흘러나왔다. 설명은 친절하고 무척이나 길었다. 이를 들으며 어떤 이는 온몸을 떨며 신을 찾기도, 어떤 이는 체념하듯 눈물을 흘리기도 했다. 리수한은 나나를 떠올렸다.

'나나, 난 슬프지 않아. 다시 만나는 그곳에서 넌 아프지 않을 테고, 난 살아 있어도 되는 존재일 테니까.'

리수한이 두 눈을 감으며 옅은 미소를 지었다.

"고마워, 나를 살게 해줘서."

리수한의 눈에서 뜨거운 눈물이 흘러내렸다. 3, 2, 1. 카운트 소리와 함께 사방의 벽면에서 영하 300도

에필로그

의 바람이 쏟아졌다. 리수한의 눈물이 바닥에 채 닿기도 전에 고드름처럼 얼어붙었다. 리수한의 살갗도 빠른 속도로 얼어붙더니 쨍그랑 소리와 함께 온몸이 얼음 조각처럼 부서져 흩어졌다. 카트 위에는 마치 아무것도 없었던 것처럼 흔적조차 남지 않았다.

*

수한은 재이와 함께 나나의 수목장을 찾았다. 장례식 이후 처음이었다. 오랫동안 찾지 않았는데, 나나의 나무 주변은 누군가가 정성스레 정리해놓은 듯 깔끔하게 정돈되어 있었다. 수한은 가슴이 먹먹해졌다. 나나가 죽기 전에도, 죽은 후에도 아내를 보살핀 사람은 자신이 아니었다. 단단히 잠겨 있던 마음의 문이 삐걱이며 열렸다. 미안함과 후회, 그리고 그리움이 뒤섞여 먹먹한 파동처럼 수한의 온몸에 번졌다. 수한은 사죄하듯 고개를 숙였다. 굵은 눈물이 하염없이 떨어졌다.

한 발치 떨어진 곳에서 아빠를 바라보던 재이는 막대기를 주워 이리저리 흙을 헤집기 시작했다. 흙장난을 치는가 싶더니 수한이 재이를 찾았을 때 재이는 지렁이를 막대기로 쿡쿡 누르며 괴롭히고 있었다.

"재이야, 이러면 안 돼. 아파하잖아."

재이를 발견한 수한이 재이를 나무랐다.

“그냥 장난이야.”

“안 돼. 이런 장난은 치는 거 아냐.”

단호한 수한의 말투에 재이는 듣기 싫다는 듯 등을 돌렸다. 수한은 재이의 등을 부드럽게 토닥이더니 나지막한 목소리로 말했다.

“빠빠 타비에 다빠모즈.”

처음 듣는 아빠의 리벨라우스어에 재이는 깜짝 놀라 수한을 쳐다봤다. 수한은 머쓱한 표정으로 밤새 외워 온 리벨라우스어를 다시 한번 천천히 또박또박 말했다. 빠빠 타비에 다빠모즈. ‘아빠가 도와줄게’라는 뜻이었다.

“나쁜 행동인 거 아는데 못 고치겠어. 잘 안 돼.”

“힘들 때마다 아빠가 도와줄게. 계속 재이 곁에 있으면서.”

재이는 손에 쥐고 있던 막대기를 내려놓고는 수한의 손을 꼭 잡았다.

두 사람은 나나의 나무 밑동에 미리 준비해 온 꽃다발을 내려놓고, 두 손을 모아 묵념했다. 수한이 들릴 듯 말 듯한 낮은 목소리로 무언가를 속삭였다. 재이는 아빠의 어색한 리벨라우스어 발음에 살며시 미소를 지었다. 두 사람은 오래도록 나나의 나무를 안아주었다. 바람에 나뭇잎이 흔들리고, 나무 아래 드러워진 그림자가 두 사람을 감싸안았다.

에필로그

작가의 말

작가의 말

불행하게도 나는 '나'와 잘 지내지 못하는 편입니다. '어제의 나'를 탓하며 원망하기도 하고, '내일의 나'를 믿었다가 발등 찍히기도 하며, 그렇게 아등바등 나와 살아가고 있습니다. 그렇다고 해서 나 아닌 타인과 잘 지내는가 하면, 그것도 아닙니다. 소설 속 '너도 너 같은 새끼랑 살아봐'라는 나나의 쪽지는 사실 주변에 무심하고 이기적인 나 자신에게 건네고 싶었던 말이기도 합니다.

이 이야기는 나보다 나은 나를 만났을 때, 혹은 나보다 내 과거를 더 정확히 기억하는 나를 마주했을 때, 어떤 낯선 감정과 회고적 성찰이 가능할까라는 물음에서 출발했습니다. 어떤 작업이든 그 시작에는 이런 얘기를 담을 거란 오만한 착각 속에서 출발하지만 '이게 맞나, 저게 맞나. 이게 재밌나, 저게 재밌나.' 썼다 지웠다를 수없이 반복하고 방황하면서 깨닫습니다. 내가 내 글을 망치고 있는 건 아닌가. 이번 소설도 그랬습니다. 헤매고 치이고 부딪혔습니다. 나와 잘 지내보고 싶어 시작한 작업이었지만 쓰고 싶은 만큼 써내질 못하고 담고 싶은 만큼 표현하질 못하니, 작업 내내 나와 잘 지내는 건 포기한 상태였습니다.

그럼에도 불구하고 부족한 나와 서투른 나의 처음을 끝까지 견디고 도와준 사람들 덕분에 이 소설을 완성할 수 있었습니다. 이 공간을 빌려 진심 어린 감사를 전합니다. 가장 먼저 소설가로서 수준 미달인 저에게 늘 따뜻한 리뷰와 세심한 피드백으로 나보다 더 이야기를 잘 보살펴주신 이수인(Kaya) 스토리PD님께 깊은 존경과 고마움을 전합니다. 예리한 방향성으로 이야기를 다잡아주신 김보희(Sophie) 스토리PD님과 졸고를 책다운 책으로 만들어주신 강현지(Marée) PD님께도 감사드립니다. 안전가옥 덕분에 원고의 끝까지 걸어올 수 있었습니다.

그리고 마지막으로 이 책을 읽어주신 당신과 나에게 바랍니다. 부디 나 자신과 안녕히 잘 지내기를. 소중한 사람들과도 이 세상과도 조금 더 평화롭고 사이좋게 지낼 수 있기를.

2026년 2월
윤혜성

프로듀서의 말

‘너도 너 같은 새끼랑 살아봐.’

섬찟한 말입니다. 그것도 내 얼굴을 똑닮은 사람을 두고 들었다면요.

게다가 그 ‘나 같은 새끼’가 나보다 내 가족이나 직장 동료들과 더 잘 지내고, 내 인생을 더 세밀하게 기억하고 있다면… 그건 단순한 불쾌함이 아니라 말로 표현할 수 없는 자괴감일 것입니다.

그래서 처음 윤혜성 작가님께 이 아이템을 받았을 때, 저는 아주 서늘한 도메스틱 스릴러가 될 것이라 예상했어요. 하지만 작가님과 이야기를 개발해나가면서 캐릭터들은 점점 오싹함보다는 애처로움에 가까운 얼굴을 갖기 시작했습니다. 공포와 미지의 존재였던 리수한은 어느새 사람보다 더 사람 같은 마음을 지니게 되었고, 수한의 행동을 이끌던 장치적 캐릭터였던 재이는 전쟁 같은 부모의 갈등 속에 고통받는 아이로 다가왔습니다.

수한과 리수한이 부딪힐수록 ‘나나’라는 존재는 더욱 또렷해졌고, 그저 밉살스러웠던 수한은 ‘나였다면?’이라는 질문을 던지며 혼란스러운 상황 속 처절하게 우뚝 서 있었습니다. 작중 인물 누구도 ‘잘했다’고 말할 수는 없지만, 손가락질을 하기에는 그들이 이해되었습니다.

그래서 저는 손가락을 접지도 펴지도 못한 어정쩡

한 상태로, 마음 한구석이 물에 젖은 것처럼 무거워지는 걸 느낄 수밖에 없었습니다. 결국, 우리 모두 조금은 더 잘 살아가길 바라는 마음이 이 이야기의 여운으로 남았습니다.

이건 다른 누구도 아닌, 윤혜성 작가님만이 가장 깊고 섬세하게 담아낼 수 있는 이야기라고 생각합니다. 작가님과 함께 작업하는 시간은 정말 즐거웠습니다. 이야기가 탄생하는 멋진 순간에 함께할 영광을 주셔서 감사합니다.

이야기의 강점을 더욱 날카롭게 세워주신 강현지 PD님, 문장 하나하나를 꼼꼼히 다듬어주신 조예원 편집자님, 이야기에 걸맞은 표지를 만들어주신 김단비 디자이너님 그리고 메인 프로듀서만큼 깊이 고민해주시고 훌륭한 아이디어를 아낌없이 나눠주신 코프로듀서 김보희 PD님께도 진심으로 감사드립니다.

언제나 든든하게 곁을 지켜주시는 안전가옥 운영멤버들에게도 마음 깊이 감사드립니다.

조금은 서툴고, 가끔은 무너져도 괜찮다는 마음으로, 각자의 자리에서 오늘을 살아가고 계신 모든 분께 이 책이 작은 위로가 되었기를 바랍니다. 감사합니다.

안전가옥 스토리PD
이수인 드림

혐오도 복제가 되나요

지은이	윤혜성
펴낸이	김홍익
펴낸곳	안전가옥

기획	안전가옥
프로듀서	이수인 강현지
비즈니스	김태경 박혜신 심희정
	이기훈 이수인 임수빈
경영지원	권혜영
디자인	김단비

출판등록	제2018-000005호
주소	(04779) 서울특별시 성동구 뚝섬로1나길 5, 헤이그라운드 성수 시작점 202호
대표전화	(02) 461-0601
전자우편	marketing@safehouse.kr
홈페이지	safehouse.kr
ISBN	979-11-94891-11-6
초판 1쇄 인쇄	2026년 2월 20일 인쇄
초판 1쇄 발행	2026년 3월 11일 발행

안전가옥 쇼-트 시리즈

01 심너울 단편집 『땡스 갓, 잇츠 프라이데이』
02 조예은 단편집 『칵테일, 러브, 좀비』
03 한켠 단편집 『까라!』
04 전삼혜 단편집 『위치스 딜리버리』
05 『짝꿍: 듀나×이산화』
06 김여울 경장편 『잘 먹고 잘 싸운다, 캡틴 허니번』
07 설재인 단편집 『사뭇 강펀치』
08 김청귤 경장편 『재와 물거품』
09 류연웅 경장편 『근본 없는 월드 클래스』
10 범유진 단편집 『아홉수 가위』
11 『짝꿍: 이두온×서미애』
12 배예람 단편집 『좀비즈 어웨이』
13 하승민 경장편 『당신의 신은 얼마』
14 박에스더 경장편 『영매 소녀』
15 김혜영 단편집 『푸르게 빛나는』
16 김혜영 단편집 『그분이 오신다』
17 강민영 경장편 『전력 질주』
18 김달리 경장편 『밀림의 연인들』
19 전삼혜 단편집 『위치스 파이터즈』
20 강화길 단편집 『안진: 세 번의 봄』
21 유재영 경장편 『당신에게 죽음을』
22 해도연 단편집 『위그드라실의 여신들』
23 가언 단편집 『자네 이름은 산초가 좋겠다』
24 백승화 경장편 『성은이 냥극하옵니다』
25 박문영 경장편 『컬러 필드』
26 이하진 경장편 『마지막 증명』
27 권유수 경장편 『미래 변호사 이난영』
28 청예 경장편 『수빈이가 되고 싶어』
29 권혁일 단편집 『첫사랑의 침공』
30 최해린 경장편 『우리들의 우주열차』

31　김효인 단편집 『사랑은 하트 모양이 아니야』

32　김진영 경장편 『괴물, 용혜』

33　오유경 경장편 『문어 그림자에 루명 쓴 며느리』

34　윤혜성 경장편 『혐오도 복제가 되나요』